六合丛书

亲炙记幸

陈毓贤

浙江大学出版社
ZHEJIANG UNIVERSITY PRESS

丛书主编

吕大年　高峰枫

目　录

前　言

这集子里的文章是我这十年闲来无事，即兴而作或受朋友激发而成的。所谈的大多是我有幸亲炙，或认识的人亲炙，曾在学界举足轻重的人物。我们以 21 世纪的目光回顾他们的生活点滴，或许可对学术史的演变提供些另类线索。

回想朗诺和我谈及婚嫁时，同意两人最珍惜的就是能够悠闲地看书、思想；然而我要提早退休，朗诺却反对："你整天在家无所事事，只会越吃越胖，就怕你管起我来了！"说实话我也不知要做什么，只感到这些年总是在拼命，除正经事外，还有做不完的琐事，每天长长的单子，做完一项打个勾，第二天又涌现另一堆琐事。加上我办公室离家一百多哩外，每周有一两个晚上在租下的公寓过夜，有时还出差，早晨醒来都不知身在何处。我们经济已经稳定，有些储蓄，何苦来呢？

我起初彷徨得很，终日看闲书冥想究竟不是办法。有个闻名的生物实验：把猴子分两批，一批在笼子里无所事事，醒了就吃，累了就睡；另一批放了些蚤子到他们身上，让他们搔痒。结果搔痒的猴子比无所事事的猴子健康得多！我大学读的是文学，技痒便搔：因退休前的专业涉及分析零售业，就写些"牛仔裤零售趋势"之类的文章，在《台湾纺织》和各种英文商业刊物上发表。

朗诺 2001—2002 学年到香港城市大学访问，我在香港遇见些人居然记得我曾替洪业作传，令我非常鼓舞。《胡适与韦莲司：深情五十年》出版后，北大出版社的张弘泓知道我会有兴趣，送了一本给我。有个聚餐我和恰巧也在城大访问的周质平毗邻而坐，发现该书作者就是他，他也看过《洪业传》原版，没想到作者就是我，提议我们合作用英文撰写这影响胡适极大的友谊和恋情，于是我兜了个大圈又回到学术界边缘。

我未曾见过胡适，然而感觉上已认识他大半辈子。我在马尼拉上华人中学时，胡适的《差不多先生传》和《不朽》是必读的。我的中文老师大多从厦门大学毕业，战后流落到菲律宾，承袭了五四传统，论及胡适时敬慕之心溢于言表；我 1965 年到台湾念书时，胡适已去世数年，但他的名字仍常挂在人嘴边，仍不断在报章上出现，犹如他仍活着，随时会跳出来和我们争辩。我在台湾的"干爹"是北京大学哲学系毕业的，以胡适的传人自居，除教书外还和朋友办《自由报》；胡适不但是洪业的朋友，还是朗诺和我的"媒人"——严倚云和高叔哿——的媒人。这差事不能不接，何况我正闲着呢。

集子里首篇"怀念严倚云与高叔哿"是我多年第一篇非功利性的文章，只想为这对不平凡的夫妇留点文字记录。高叔哿的父亲高梦旦是胡适最尊重的人之一。我动手搜集韦莲司的资料时，才发现严倚云和韦莲司很熟。赵元任日记里记载：他和杨步伟1955年重访康奈尔大学时，住在韦莲司家，数次和严倚云共餐。韦莲司1958年1月写信给胡适说严倚云待已太苛了；这信很可能提醒胡适催促高叔哿和严倚云通信，他们该年8月向朋友发的结婚宣告说胡适劝他们通信后，两人"还没有见面就已经心许"。可惜周质平和我写胡适情史时严倚云早已去世，不然书上对韦莲司必定有更精彩的描述。

书写好了，手上仍有不少"剩余资料"，因得来不易不忍丢弃，便在台北的《联合报》和《传记文学》以及海峡两岸合办的《胡适研究丛刊》发表。

2009年春《上海书评》的盛韵女士采访了朗诺，谈他为什么选译《管锥编》，当听说钱钟书给他写了两封信，便向他要，朗诺叫我把信译成中文，盛韵发表时注明是我译的，并邀我写稿。我本来不知道国内有这么有趣的刊物，每期都登载些有份量或清新可喜的文章，从此和《上海书评》结了缘。

我在《上海书评》发表了首篇文章后，《战争与革命中的西南联大》的中译者饶佳荣写了评语惋惜《洪业传》买不到了，不久竟通过朗诺一位学生和我联络，自告奋勇要替我找出版社重印。我说不必了，网上已有电子版可下载，重印恐怕赔钱，我最怕出版社赔钱；没想到他很坚持，几经波折，《洪业传》终于2013年得以再版。更可喜的是商务印书馆的负责编辑孙祎萌特别用心，替我改了许多错误。她的顶头上司刘雁女士又放手让她做，把原初1995年简体字版删节了的段落全复原了，不但

3

销得好，并且被评为"2013年中国好书"之一，这全拜《上海书评》之赐！

记忆匣子打开了，我接二连三写了些和洪业有关的文章：他唯一的学术专著《杜甫：中国最伟大的诗人》一甲子后被曾祥波译为中文，我写了书评；继而写洪业的挚友蒙古学家柯立夫，连带谈到方志彤。

去年春我以《洪业传》作者身份被邀参加北大的"燕京大学与现代中国博雅教育传统"研讨会，恰好朗诺该星期也在北大讲演。我们回加州后向戴梅可教授提起，她说燕大女部主任桑美德是她的故友，出示珍藏多年的燕大资料，我又动笔谈论燕园里的外籍教师。

怕乘长途飞机的我，这次到久违的中国有许多额外的收获。在北京和孙祎萌相见，到了上海不但见到盛韵和饶佳荣，还见到久仰的陆灏先生，想不到都那么年轻。韩南教授刚去世，我们遵陆先生之命撰文悼念他。另一个收获是透过盛韵结识了高峰枫、高山杉兄弟和周运。他们对方志彤素有兴趣，看了我的文章邀我出集子，加入"六合丛书"的行列！而方志彤最初引起高峰枫兴趣，竟是因他在北大图书馆用了许多方志彤捐赠的外文书，而这些书是朗诺替老师运到北京的！

此文集最后一篇是饶佳荣出的题目，他现在就职于《东方早报》新媒体《澎湃》，约我写一篇谈些对我影响最大的书，题目出得好，我把此文当压轴。

书名本来拟为"局外人随笔"，因我是学术界的局外人；旁观者不一定对局内看得比较清楚，通常是较模糊，但视角肯定不同；而且另有个好处，就是不必遵守局内的潜规矩。不意我回首一览这十年来写的东西，发现所写的尽是早年跨文化、跨国界、跨学科的学人，蓦然感悟到那些学人即将从我们"共有的鲜活记忆"（living memory）中消失了，或许我直觉须趁头脑仍清楚赶忙写下来。希望至少令同有历史癖的读者们获得某种搔到痒处的快感！

陈毓贤

2015 年 4 月于美国加州湾区

怀念严倚云与高叔哿

高叔哿和严倚云 1958 年在美国发给朋友的结婚宣告是用英文这么写的:

我俩经历多年对不可能的事和不太可能的事枉然的追求,终于在胡适先生的耐心劝导下互相通信。两人深信就是做朋友也必须诚实和公平,而一个家庭的幸福尤其依赖互相能够容忍彼此的弱点,不是靠青春、美貌或财富,一开始便以此为前提,却发现两人的人生哲学、思想、兴趣和日常习惯都非常相似,连弱点也像孪生的,逐渐互相爱慕,还没有见面就已经心许,自觉是天造地设的一对,年龄和外表似乎都无关紧要。于是分隔在美洲东西岸的两人决定结婚,1958 年 8 月 1 日在宾州匹兹堡完成结婚仪式,现正蜜月旅行到西岸洛衫机,希望就在加州落户。

因两人多年已经收集过多的冗物,恳请亲友不要送婚礼。如果您一定要表达心意，可捐献到下列的机构……

宣告上列出的机构包括美国一个中国人办的慈善团体，台湾北投一所孤儿院和香港新亚书院。

短短的一张结婚宣告，表露了高先生和严先生为人的严谨，和对世俗成规近乎滑稽的不妥协，也反映了他们浪漫豪放的一面。

高叔哿和严倚云同生于 1912 年，高叔哿的父亲高梦旦多年在上海负责商务印书馆编译所，是胡适的老朋友；严倚云是严复的孙女，1934 年胡适主持北大第一届新生考试时，严倚云是考取的六个女生之一。那年头在美国得博士的中国人不多，作长辈的胡适见这两个福州望族的后人，四十多岁的博士，都那么可爱，一个未娶一个未嫁，替他们焦急，坚持要他们通信，成了月下老人。

算起来我第一次见严先生的时候她结婚已经十年多。我1965 年从菲律宾到中国台湾念书，在师范大学国文系上了两年课，知道第三年级要修声韵学望而生畏，辍了学，先是在台北美国学校教书，后来在当时的联合国经济发展部做事，准备到美国去。因常替在师范大学教哲学的张起钧教授翻译文章，被他半正式地收为"干女儿"。严先生到了台湾张教授请她吃饭，介绍我认识她，并怂恿我申请西雅图的华盛顿大学中文系，以便得跟他在北京大学作过前后同学的"大姐"照拂。我当时无心申请华大，更不想继续念中文，一心要读比较文学，但觉得

高叔哿与严倚云 1958 年结婚照

严倚云晚年手抱祖父严复遗照

这位穿深色旗袍的女士看上去挺舒服，略显黝黑的皮肤，身材矮小却不失其雍容，开朗甜蜜的脸蛋上，眼睛惯性地笑咪着，只可惜有点驼背，后来知道是小时候从楼梯滚下来造成的。令人惊喜的是：五十多岁的人，声音却娇嫩得像十来岁孩子的一样，讲话总带点调侃意味，时而笑声如铃。

该年秋天，我从美国其他大学获得奖学金的希望落了空，只好带着七分狂妄、三分彷徨上了华大。到西雅图几天后到严先生办公室找她，她说我语音不纯正，不够资格做汉语助教，但因为我会打字可能有别的事给我做，又约我跟她回家吃晚饭。

严先生开着专为她调整座位的汽车，把我载到离校一哩外的家门口，是栋漆蛋黄色、屋顶倾斜的美国传统木造两层楼房，拾着砖砌小径踏上几级台阶，就看到一块小木牌，上面用中文写着"高严寓"。这房子从外面看上去不大，但里面相当宽敞。一进门关，迎面是上楼的楼梯，左侧是个设有壁炉的客厅，沙发上横七竖八地摆着几个锦绣椅垫，还躺着一只胖花猫；右侧是饭厅，差不多被一张坐得下二十人的特大号圆桌填满了。饭厅外面是装了铁纱的阳台，暂做贮藏室用，还放了个冰箱。阳台外就是主人种植雪豆、蕃茄、韭菜各种花草的园子。客饭厅后分别是书房和厨房，中间夹着厕所。书房门常闭，我后来有机会进去，发现里面堆满了严先生大大小小没做完也做不完的学术工程。

一进厨房就知道此家主人极讲究烹饪，除了大号冰箱和餐馆用的"工业级"炉灶外，四面上下都是特制的柜橱，装满了瓶瓶罐罐及各种烹饪用具，窗台上还摆了几瓶自己腌的咸蛋和泡菜。厨房正中间放着张平常吃饭用的桌子。严先生交待我洗菜，自己戴上日式围裙，不到半小时，一边跟我聊天，一边劈哩啪啦做出了四五个精美的菜肴。餐具摆好后，她走到通到地下室的楼梯口叫一声："老爷，吃饭了！"原来严先生爱开玩笑，总称高先生为"老爷"。高先生叫她倚云，或只叫"云"。

高先生平时寡言少语，开始我有点怕他，但不久便发现他极富幽默感，而且有副大慈大悲的心肠。他们祖籍虽然同是福州，但严先生在北京长大，一口京片子，高先生从小住在上海，讲话略带上海口音。高先生刚中带柔，严先生柔中有刚，两人襟怀坦荡，毫无矫饰。我们什么话都可以跟他们谈。

我那两年虽食宿在校园外的姐妹社，但常到高严寓打牙祭。年假、春假也多在他们家度过。他们的家住客之多，如过江之鲫，络绎不绝。有像我这样假期无家可归的，有从外地来还没找到住处的，有像赵钟荪先生那样美、加两地往来，在西雅图时寄住的，人来人往，热闹非常。而且高先生严先生好与人同乐，三日一小宴，五日一大宴，中国人、美国人济济一堂，像个俱乐部兼难民营。

严先生在系里除主持汉语教学负责所有的讲师和助教外，还参与各种校政活动，又是中国同学会的指导教授。许多校外的华侨团体及西雅图本地的机构包括图书馆疗养院都争取她的支持，所以她整天不是有人要接送，就是有事要接洽，忙得不可开交，高先生义不容辞地帮她忙，而且乐此不疲。

从台湾、香港或东南亚新来的学生，不谙美国国情，不了解学校的规章制度，两位先生就不厌其烦地他们解释指点。遇上有人经济困难，他们就尽可能替他们想办法，或介绍临时工作，或帮他们找个同学分担房租，或申请奖学补助金，甚至倾囊相助。学生有了差错，他们则直言不讳。严先生常说我手比大脑快，又说我嘴快，不好好地聆听思考便让自己的想法脱口而出，我听得多了也知道收敛一点。

我到了高严寓就像到了自己家中一样。我做菜不行所以在厨房帮不了严先生的忙；吃完饭也不能洗洗碗，因高先生洗碗有自己一套制度，从不让别人插手。有几次我早上睡到近中午才起来，高先生见我终于下楼来，笑着大叫："哎哟，Princess 下来了！"，谴责中带着温馨。饭后没有客人的话，严先生倒肯让我替她按摩、捶背、捏骨头，我仿佛回到了自己祖母的身边，只是严先生的世界比我自己祖母的世界大多了，她所关心的事情也远非我祖母所能想像的。

高先生退休的哥哥嫂嫂就住他们附近，我常跟着他们去串门子，也跟他们喊"哥哥"、"嫂嫂"。哥哥嫂嫂的上海口音浓得化不开，温文尔雅，性情跟高、严先生完全不一样。高、严先生家里平常很凌乱，严先生有句话说："请中国人吃饭，大半天忙做菜；请外国人，大半天忙收拾。"哥哥嫂嫂家里平日都一尘不染，一屋子的雅致红木家具摆设在洁白的地毯上。

也许因为高、严先生都出自名门世家，却经历抗日战争在后方流亡的生活，又饱尝早期留学生的艰辛，对很多事都看得很透，对名利特别淡薄。高先生是个核子物理博士，他性情耿直，因而教书生涯不得意。听说有一个时期在华州某一家大学教物理，把全班学生成绩打不及格，校方质问他，他说学生程度就是不及格嘛，职位便丢了。严先生在华大虽身负重任，但当时美国种族和性别歧视还相当严重，做事也常受委屈。我有时想，以严先生的才具，换一个国家，换一个时代，做大学校长应该绰绰有余。以高先生思路清晰的科学头脑，有机会在条件优厚的实验室工作，对人类社会必定有重大的贡献。但跟着又想，如果严先生在中国早出生二三十年，礼教森严的社会一定会埋没了她；要是高先生晚生个二三十年，肯定打成"黑五类"。这样一想也就释然了。

不知道高、严两位先生是否有过我这样的奇思乱想，但他们对人际遇的态度是很鲜明的。有一次我对高先生讲起我在台北联合国办事处做事时和同事饭余谈《红楼梦》，感叹说"以前的女孩子好苦啊，你看那些丫头个个多可怜！"有个女同事斩钉截铁地应道："我们这些人如果生在那个时代，自然会是小姐。"高先生听了大叫荒唐说："中国自古以来多的是贫穷百姓，怎么能一口咬定自己不会当丫头、小媳妇，而一定会做小姐呢？这种心理真要不得！怪不得这些人不能推己及人，对穷人完全没有同情心！"高、严先生真正视名利为身外之物，虽不以"无阶级主义"自许，却是它的真正忠实信徒。

他们两人对中国人格外亲切，但对白人、黑人也一视同仁，从没有憎恨仇视白人、畏惧厌恶黑人的心态，尊重每个人的人格。他们能跟高官显贵娓娓相谈，也能与隔壁的木匠闲话家常；他们最看不起崇尚名牌、讲究排场的人，特别赞赏出身低微而肯读书上进的学生，常得意地向我介绍，某某人家里是台湾贫穷农家，却非常能干；某某人身兼几份餐馆、旅店的打杂工作，现在得博士了。

那几年西雅图经济萧条房价偏低，他们买了好几栋房子，告诉我说退休就靠这些了。他们把这些房子按很合理的租金租出去。有一天严先生回家说，一个房客丈夫突然出走了，妻子带着小孩搬走追了去。我说："哎哟，那你的房租还收到吗？"严先生瞪着眼睛责问我说："人家那么不幸，你怎么还能问这种问题呢？"

我在华大上课不久，结识了一位来自康涅狄格州的男生，他本来在加州大学圣塔巴巴拉分校念英美文学，出于好奇选了白先勇的中文课，结果迷上了中国文学，白先勇替他取了个中文名字叫艾朗诺，暑假还带了他到台湾住了两个月。那时圣塔巴巴拉开的中文课不多，他都选过了，四年级便转到华大，上中国文学史和我同班，我们在一起谈得很投机。他没上过严先生的课，但严先生知道他这个学生，也常请他来吃饭。后来朗诺因为开了烤箱只焙一颗马铃薯，给小气的房东赶了出来，便被收容入高严寓。（那七十多岁的老头子也可怜，除房子外，就守着银行里的数千块钱过日子，孤零零一个人，总是怕人家骗他害他。）高先生年轻时有气喘病，医生教他爬山锻炼肺部，他成了登山高手，华州的高山他都征服过，朗诺搬进他们家后，他便常带我们去爬山，还到海边挖长颈蛤；有时吃过晚饭后，高、严先生就借故出去，说："让他们两个亲热一下。"

暑假要到了，朗诺准备回圣塔巴巴拉主持一个教驶帆船的暑期学校，邀我跟他去，我犹豫得很，跟严先生商量，没想到严先生高兴地说："去嘛！去嘛！"

高、严先生撮合的中美婚姻不少，不知他们是否从优生学的角度考虑的。记得有一次严先生和我在街上走，看到一个很可爱的混血小孩，严先生笑咪地对我说："苏姗，你幸运的话，以后能有一个这样的娃娃。"

朗诺和我翌年行婚礼时，高、严先生热情地招待朗诺从美国东部来的家人和我从菲律宾来的家人。他们两位多年照顾帮助了无数与他们非亲非故的学生，朗诺和我只是其中的两个而已。

以后朗诺到哈佛上研究院、教书，我们很不舍得他们二老，常写信报告我们的生活情况，也偶而打电话去问候他们。1976年我和一个刚离婚的美国女朋友到华州玩，她心情非常不好，但到了高严寓，就马上开朗了。

1985年，高、严先生去东部玩，路经维蒙州看秋叶，没想到旅馆客满，他们向巡警探问可留宿的地方，巡警看他们衣着不起眼，竟提议他们到救世军贫民收留所去借宿。到了波士顿住在我们家中，那时我们的女儿五岁了，我们教她叫"高爷爷，高奶奶"，她跟他们亲热得不得了。高、严先生两位真是童心未泯，凡孩子、小动物都喜欢。

1990 年秋，我们已经绕了个大圈又回到加州圣塔巴巴拉，朗诺和他的启蒙老师白先勇成了同事，我们带了女儿到西雅图看高、严先生，跟他们欢聚几天。严先生苍老多了，头发斑白，体力大不如前，声音却不改往日的娇嫩。高先生倒是没有变。那时他们已经把两栋房子卖了，得四十七万美元捐献了给华大，作"严氏奖学金"，纪念严先生小时候疼爱她鼓励她念书的祖父严复，高先生自上海来的侄儿美生（他的父亲是外交官，他在美国出生的）和侄媳月娥跟他们住在一起。

第二年春，他们两位本来说要南下加州一趟，到处看看亲友。我秋天见还没有消息，便打电话去，严先生的声音非常微弱，我知悉她病魔缠身，很是担忧，不久朗诺接到高先生的电话，失声哭泣地告诉他，严先生过去了，当天已出了殡。

严先生过去后我们请高先生到加州玩，翌年 9 月他果然远道坐火车来了，还到旧金山看侄甥。我们一相聚便又无拘无束，哄闹如以往，但他提起倚云便泣不成声。我问严先生最后辛不辛苦呢，他说不怎样辛苦。他说他和侄儿侄媳妇决定把她从医院带回家，医生问他们怎能照料她，高先生说我们三个人；在报纸广告栏找到一张医院用床，才一百六十元已经送到家去；于是高先生日夜带严先生如厕，替她洗澡，还弄了个闹钟以便定时醒来照顾她。医生说要找个亲戚替严先生打针，因为如果不是家人怕会打官司，高先生想起"猫医生"，医生问"猫医生"和严先生是什么亲属关系，这白人"猫医生"说严先生就像她的谊母一样，原来她念兽医时没钱高夫妇就借钱给她。

15

结果最后严先生还是得回到医院去，发现严先生去世的是"猫医生"，月娥内疚得很，因为她虽在房间里没发觉严先生已经断了气。

回想到我们在西雅图那段时期，他们两口子偶而发生摩擦，高先生就几天赌气不跟严先生讲话，晚上也不上楼，在地下室睡觉，每次都是严先生委屈求全。没想到高先生爱严先生那么深、那么笃！

高先生又告诉我们，遗嘱已经立好了，将来自己住的房子还是捐给华大，但有一间房子留美生和月娥收租，将来也给华大。他又说离他们家不远有块地可种菜，高先生旅行时，月娥便替他料理，又说月娥菜烧得很好，又喜欢做菜，严先生把高先生喜欢的菜都教月娥做了。

高先生很喜欢圣塔巴巴拉，也喜欢我们地中海式的房子，拍了很多照片留了一份给我们，但回去后又寄了一份来。过了年4月高先生又来了，这次兴奋地带了一大条西雅图出产的鲑鱼，做好了冰冻起来，要到东岸宾州匹兹堡参加同学会。可是他竟忘记了半年前刚来过。我说："你不记得呀？"他很难为情。我心底一抽：严先生说过高先生有老人痴呆症的遗传，难道不幸言中？严先生有心理准备要照顾高先生终老，而她先去了！

高先生说还要带美生月娥来加州看我们，但就没有下文。我们打了几次电话去，都是美生听，说高先生不方便接电话。我们寄了圣诞卡去，美生回了卡片来说叔叔记忆性不好，但偶而记起我们会说得很高兴，后来又说叔叔身体还好但认不得人了。

1998年7月，我到西雅图参加一个会议，趁机会拜访高先生，一方面真想他，一方面就不相信他真会认不得我。我为了不想惊动高家晚间才去，进高严寓发现美生的子女孙儿周末都来了，还在饭厅吃饭，一屋子闹哄哄地一如往日，高先生跟他们一起进餐，头发完全白了，身体躬着，我跟他说话他似乎没听到。吃完饭美生把高先生扶到客厅，我坐在他旁边握着他的手尝试与他谈天，但他始终没意识我是什么人，讲到加州坐火车他才提起同车有个人怎么样。我不忍久坐告辞了，美生坚持他和高先生要把我送到大街口，说高先生吃完饭应该到外面走走。高先生扶着不锈钢扶架，一步一步地往前挪，美生全神贯注看着他，路上有树枝或浇水的橡皮管便趋前先替他移开，免得他摔跤。我们到了大街口，我说我等车，你们快回去吧。目送他们一步一步拐了弯，在街角消失了，我才截了辆计程车回旅馆。看了高先生，知悉他得到侄儿侄媳妇那么好的照顾，而且喜欢热闹的他晚年不会孤独，觉得非常欣慰，但看到他记忆差不多全废了，伤心之余感到一种莫名的不平。

高先生次年也去世了，我们朝夕相处一共才两年已经是三十多年前的事，但他们的音容常常浮现在我心头；泡茶的时候，总想到高先生教我买茶叶不要买最便宜的，太差了，也不要买最贵的，划不来，买比价钱最便宜高两级的往往最合算。泡冬菇的时候，就想起严先生说傻媳妇的笑话：婆婆叫她爝冬菇，她就说"冬菇，冬菇，你先走！"有时想到甜滋滋地，有时凄然泪下。

我们在西雅图那两年，清华学堂首任教务长胡敦复先生和他的夫人还在，都八十多岁了，不能开车，高、严先生就替他们购物、扫雪，载他们去看医生。我那时常常想，高、严先生老了，我们能就近照料他们就好，可惜人生不是一场自编自导的戏，我们往往觉得自己只不过是念台词的演员，事与愿违，他们先后去世，我们连追思会都没赶上。

他们去波士顿玩时，听说我请历史家洪业口述往事，录了音整理成传记就快出版，就笑说我虽然是个老广但和福州人特别有缘，高先生说严先生有趣的往事多得很，也可以录音整理成传记，我当时事业家庭已经兼顾不来没有做；幸而严先生逝世后第二年，她的北大同班同学何恺青收集了各方亲友纪念严先生的文章，出了本《严倚云教授纪念文集》，1999年3月33日美洲版的《世界日报》副刊也登载了贺家宝一篇文章，题为"严氏祖孙同为中西文化搭桥——记严复和他的孙女严倚云"，替严先生这奇女子留点文字记录；高先生则是不折不扣的奇男子一个，严先生一出场，高先生就甘愿退居扮演配角。

记得我替洪业录音作传时，有一个秋天踏着大树下行人道上破碎的秋日阳光到他家去。他一开门，我劈头便冲口傻兮兮地问他："洪先生，您说死亡是怎么一回事呢？"八十多岁的他先楞了一下，思索了一回，才慢慢回答我说："死亡自然是身体的腐朽，但不管人是否有灵魂，一个人的影响不会随他而消逝

18

的，这就是一种不朽。"我那时候没醒悟洪先生引了胡适的话。高先生、严先生有很多方面不朽，深受他们影响的人分布世界各地，做人大概至多就是这样了。

(此文略经删节曾刊于香港《明报月刊》2005 年 1 月号，题为"严复孙女
严倚云的美满婚姻")

胡适的白话诗与美国前卫艺术

胡适分散各地的日记和书信陆续面世，不但给研究中国文化史、思想史、学术史和政治史的学者提供了极大的方便，还吸引了不少普通读者。他一生鼓吹婚姻自由，甚至说服徐志摩的父亲让儿子娶离了婚的陆小曼，自己却和奉母命结婚的江冬秀白首偕老，自诩是"怕太太协会"会长，大家对他的感情世界一向很感兴趣，想了解他在理想和现实间作了怎样的妥协。

胡适 1962 年逝世时，蒋介石表扬他为："新文化中旧道德的楷模，旧伦理中新思想的师表。"但胡适的日记和书信中呈现的却不是一份带血肉的教材，而是颗充满挣扎的心灵。

日本学者藤井省三于 1995 年利用康奈尔大学档案和有关韦氏家族的材料，写了一篇《胡适恋人 E. 克利福德·韦莲司的生平》连载在日本《东方》杂志。普林斯顿大学周质平教授除研究明代学风外，还是个胡适迷。他到台北胡适纪念馆看了胡适写给韦莲司二百多件的信和电报，也看了该馆所藏 1949 年后韦莲司写给胡适和江冬秀二十多封信，心想韦莲司 1949 年前给胡适的信必然仍在大陆，便向中国社会科学院打听，果然获得一百多封。这三百多封信不但谈他们两人的感情、生活，还谈哲学、政治、艺术、文学，于是出版了《胡适与韦莲司：深情五十年》一书，很受读者欢迎。五年前他在香港当访问学者时，恰巧外子艾朗诺也在香港教书，大家相聚，萌生了写英文本的计划，今年由香港中文大学出版。用英文写，写法自然不同，首先，我们必须重新介绍已经被西方读者淡忘的胡适，解释当时的文化背景和不断变更的时局，同时必须对韦莲司本身的心路历程有较全面的交代。合作的过程中我们对胡适又有了新的认识。

韦莲司出自康奈尔大学的所在地伊萨卡城（胡适称它"绮色佳"）的望族，父亲是古生物家，胡适可能上过他的课。韦莲司是美国最早创作抽象画的艺术家之一，现在费城美术博物馆仍展示她一幅题为《两种韵律》（Two Rhythms）的相当大的油画。胡适日记自 1914 年开始提到她时，他还在康奈尔念书，韦莲司则在纽约市从事艺术创作，常常回伊萨卡看父母，有机会相识。他们早年的交往可以说是"发乎情止乎礼"，到 1933年胡适第三次到美国才真正成为情人，胡适做大使后他们渐渐疏远，但一直都互相关怀，胡适去世后韦莲司和江冬秀多年仍有信相互致问候。

这次合作我们很幸运得到两位美国艺术史学者的协助，一位是莱斯大学的 William Camfield，他在韦莲司去世前一年访问过韦莲司，另一位是亚利桑那州立大学的 Betsy Fahlman，她过去三十多年收集了不少关于韦莲司的资料，印了一份给我们，包括李又宁教授多年前与她分享的资料，让我们更深地了解韦莲司的身世和她对胡适的影响。

胡适对推动中国社会改进有多方面的贡献，最少争议性的，算是他提倡白话文了。白话文运动完全改变了中国人表达思想感情的方式，在胡适之前也有不少人提倡白话文，包括梁启超在内，但他们提倡白话文的目的是要开启民智，让普通老百姓明白事理。胡适在1917年《新青年》上发表他的《文学改良刍议》，乃是要以白话文完全取代文言文，甚至用白话文写诗。对当时即使是很进步的读书人来说，用通俗的文字写诗是不可思议的。胡适这想法最初向同在美国留学的梅光迪、任鸿隽、杨铨、唐钺提出，他们觉得完全不可能，而且用白话文写诗会颠覆中国数千年来优美的文人传统，万万不可取。胡适为何有这样的奇想呢？看来韦莲司对他这方面的影响相当大。

《胡适留学日记》（原名《藏晖室札记》）1939年出版时，韦莲司虽然不懂中文，他仍写信给她列出书中有关她的页数，包括他当时写的三首旧诗词。

以下是他1915年6月作的《满庭芳》，用美国没有的杜宇象征在中国的未婚妻江冬秀，用中国没有的红襟鸟象征韦莲司，可谓用心良苦。

枫翼敲帘，榆钱铺地，柳棉飞上春衣。落花时节，随地乱莺啼。枝上红襟软语，商量定，惊地双飞，何须待，销魂杜宇，劝我不如归？

归期今倦数，十年做客，已惯天涯，况壑深多瀑，湖丽如斯。多谢殷勤我友，能容我傲骨狂思。频想见。微风晚日，指点过湖堤。

（枫翼者，枫树子皆有薄翅包之，其形似蜻蜓之翅。凡此类之种子如榆树之钱，枫之翼，皆以便随风远飏也。红襟者，鸟名，英文 robin，俗称 redbreast。）

他 8 月作了一首《临江仙》，最后两句是："此时君与我，何处更容他。"有趣的是这诗有个很长的序，结尾说："一夜读英文歌诗，偶有所喜，遂成此词，词中语意一无所指，惧他日读者之妄相猜度也，故序之如此。"

胡适 9 月从康奈尔转学到纽约市的哥伦比亚大学后，两人见面更常，但胡适在梦中都怕再见不到她。10 月写了一首五言诗：

相思

前夜梦书来，谓无再见时，老母日就衰，未可远别离。

昨梦君归来，欢喜便同坐，语我故乡事，故人颇思我。

此诗后附了一句："吾乃谵荡之人，未知'爱'何似。古人说'相思'，毋乃颇类此。"

胡适到纽约后两人住的地方距离不远，但仍频频通信。他们来往信中常常谈艺术文学。韦莲司该年 11 月让他看她创作的三幅画，胡适在康奈尔大学修过美术史，可是被这些抽象画难倒了，晚上睡不着觉，半夜提笔写信给韦莲司，说他不能了解这些画，非常痛苦。清晨四点钟醒过来又给韦莲司写信，说他在梦中清楚看到这三幅画，第一幅给他的感觉是苦闷挣扎，第二幅让他感到纾解，第三幅给他一种带希望和同情的满足。韦莲司回信说她作画从来不求人了解，但胡适竟感受了她要表达的感情，让她很欣慰。她说第一幅画的苦闷挣扎与正在欧洲进行的战事有关，这种苦闷挣扎正在寻求纾解和希望。

正是这秋天，胡适给梅光迪的送别诗里用了十一个英文的字眼，如牛顿、培根、拿破仑、莎士比亚、烟士披里纯等，引起了朋友间的争议：什么字眼可以入诗呢？写诗可不可以掺入英文词汇？不掺入又怎么表达这些意思呢？

第二年春天，韦莲司安排胡适看名律师 John Quinn 的私人收藏。Quinn 很早便大量搜买了毕加索、马蒂斯、塞尚、布朗库西等欧洲现代派艺术作品，尽管胡适似乎一直都不欣赏现代派的绘画，但毕竟开了眼界，原来艺术是可以这样不受拘束的！不久韦莲司为留在伊萨卡陪伴病重的父亲，决定暂时不回纽约市，胡适 7 月和一位云南籍的同学搬进韦莲司的公寓，成了韦莲司的二房客。这公寓俯瞰 Hudson 河（胡适诗里的"赫贞江"）。在四周是前卫艺术品的韦莲司寓所里，胡适写了一首充满了俚语俗字的打油诗给梅光迪，牢骚、胡闹、尿、上吊等字眼都用上去了，让几个谈论诗词的朋友更是沸沸腾腾。任鸿隽从伊萨卡来信说："如凡白话皆可为诗，则吾国之京调高腔何一非诗？"胡适回应说不排除京调高腔也能成诗，以前没有白话诗只是因为没有会作诗的人用白话写诗。他便随手写了一首关于孔子的白话说理四行诗：

孔丘

"知其不可而为之"，

亦"不知老之将至"。

认得这个真孔丘，

一部论语都可废。

数星期后，8月23日，他写了一首抒情诗，送到《新青年》登载：

蝴蝶

两个黄蝴蝶，

双双飞上天。

不知为什么，

一个忽飞还。

剩下那一个，

孤单怪可怜；

也无心上天，

天上太孤单。

十七年后胡适写《四十自述》时说这首诗本来题为"朋友";写这首诗时,他正临窗对着赫贞江吃午餐,看见两只蝴蝶在树梢上,一只飞走后,另一只非常孤单。这不分明是他在韦莲司的寓所里想韦莲司吗?

胡适在这公寓一直住到他第二年夏回中国。他的《文学改良刍议》是在这里写的。他回国两个月之前,和任鸿隽去参观一场韦莲司有份的现代画展,看完后写信给韦莲司说:"这展览给我最大的感受就是它敢于尝试的精神。我从来没有看到艺术家这样勇敢地表达自我。这本身就是健康活力的印证。"

韦莲司的前卫艺术虽然对一般人来说相当晦涩,不同于胡适白话诗的刻意浅明,但两者共通处是摆脱传统,敢于尝试,用新的方式来表达现代人的意念和感情。他1917年秋出版第一本白话诗集时,就把它叫《尝试集》,《孔丘》和《蝴蝶》自然都收了进去。

《尝试集》非常畅销,不断地再版,里面的诗不少想念伊萨卡城凯约湖畔的韦莲司,以下是其中一首:

一念

我笑你绕太阳的地球,

一日夜只打得一个回旋;

我笑你绕地球的月亮,

总不会永远团圆;

我笑你千千万万大大小小的星球,

总跳不出自己的轨道线；

我笑你一秒钟行五十万哩的无线电，

总比不上我区区的心头一念！

我这心头一念，

才从竹竿巷忽到竹竿尖（注）；

忽在赫贞江上，

忽在凯约湖边，

我若真个害刻骨的相思，

便一分钟绕遍地球三千万转！

（注：竹竿巷是我住的巷；竹竿尖是吾村后山名。）

—— 1918.1.15《尝试集》（第二编）

　　除文学艺术外，韦莲司深深地影响了胡适对政治和妇女的看法，还往往在他生活上激励他。2002 年发表的《北京大学图书馆藏胡适未刊书信日记》里，有一封韦莲司发自 1938 年 8 月 19 日的信，责备胡适不够志气，临阵想退却大使的责任。胡适眉批说韦莲司有理，没有把这封信归档，似乎留在身边督促自己。

　　有趣的是处理文件极其小心的胡适，收藏的照片一般却都没有注明人名和日期，遗留了一大堆我们现在很难辨认的照片。和当时很多人一样，他大概没有意识到照片也是珍贵的历史资料，幸而 Camfield 除了提供我们资料外，还介绍我们认识韦莲司的其他朋友，他们辨识了一些韦莲司的照片。藤井省三相告

韦莲司 1914 年自描。耶鲁大学图书馆
Beinecke Rare Book and Manuscript Library 提供

韦莲司摄于康奈尔大学兽医学院图书馆，约 1929 年。
Flower-Sprecher Veterinary Library, Cornell University 提供

他 90 年代访问康奈尔大学时，看到康奈尔大学兽医学院图书馆曾悬挂一张韦莲司的照片，因为韦莲司放弃艺术生涯后利用她父亲传授给她的科学方法，担任该校兽医学院图书馆第一任馆长。我们和该馆联络，该馆人员非常惊讶这位备受历届兽医学院师钦佩、作风稳健办事能力极强的女士，年轻时竟然是位前卫画家，而且有一段影响深远的跨国罗曼史。

胡适错综复杂的感情生活仍在被发掘中，余英时前年替《胡适日记全集》写序言时发现胡适居然和后来成为杜威续弦夫人的 Roberta Lowitz 曾有一段情。最近德堡大学的江勇振教授出版了《星星、月亮、太阳：胡适的情感世界》集其大成，而且有不少新发现。

（原刊于《联合报》2007 年 6 月 6 日，题为"一个挣扎的心灵：胡适的白

话诗与美国前卫艺术"）

有关于胡适与韦莲司恋情的档案资料

胡适与他美国友人韦莲司（Edith Clifford Williams）的恋情，普林斯顿大学周质平教授写的《胡适与韦莲司：深情五十年》一书中有很详细的介绍。我现在正和周教授合作写英文本。这里谈谈我们所发现和采用的档案资料。

胡适（1891—1962）简介

胡适是安徽绩溪县上庄人，黄山中这小村里仍保存着他的祖居。十二岁时到上海读书，先后上了四所学校都没有毕业，但在上海接触了梁启超和严复等新思想；十九岁赴京应考获选为第二批"庚款生"之一，到美国纽约州北部的康奈尔大学读书。他深信中国所需要的是一种思维方式，日记中说："近日吾国之急需，不在新奇之学说，高深之哲理，而在所以求学论事观物经国之术。"当时美国哲学大师约翰·杜威的"实试主义"

安徽绩溪上庄村胡适故居门口，笔者 2004 年摄

深深地吸引着他，他留在康奈尔读了一年研究院后，便转入纽约市的哥伦比亚大学师从杜威。

胡适第一次在美国共住了七年，1917 年回国，经安徽同乡陈独秀的推荐被蔡元培聘到北京大学教书。胡适回国前已"暴得大名"，因他在陈独秀编的《新青年》上写文章鼓吹文学改革提倡白话文非常轰动。此前也有不少人提倡白话文，包括梁启超在内，清末民初已有不少白话文报纸，但胡适提倡白话文不是为了开启民智，让普通老百姓明白事理，而是要以白话文完全取代文言文，作为文人表达思想感情的媒介，包括用白话文写诗，没想到这建议短短几年内便得到广大社会的接纳。

我们现在常把胡适与 1919 年的五四运动联想在一起，其实 5 月 4 号北京学生上街游行时，胡适不在北京，可是五四运动确实是和白话文有关：白话文把当时的年轻人从文言文的枷锁释放出来，让他们可以用现代人的语言讲现代人的话，顿然增添了许多自信，敢于对权威挑战。我们可以肯定，如果没有白话文运动就没有五四运动。此外，胡适还在《新青年》介绍了易卜生的社会问题戏剧如《娜拉》等，高唱人权女权，反对腐旧势力，对当时学生思潮的动向影响是非常大的。

胡适 1919 年 5 月初正在上海迎接杜威来华讲学，杜威在华两年到处演说，胡适把他的思想浓缩成至今仍不断被人引用的一句话："大胆的假设，小心的求证。"杜威的先进教育思想，包括"儿童中心"以及"生活教育"，在中国也引起很大的反响。"实验学校"纷纷成立，教育部在 1922 年颁行沿用至今的

"壬戌学制"，采纳了不少杜威的教育思想。

胡适虽和陈独秀，李大钊等一起编辑《新青年》，但他坚决反对谈各种主义，认为中国的危难只能靠提高人民素质，一步步地针对具体问题解决。他自己和朋友前后筹办《努力周报》、《现代评论》、《独立评论》，以及后来在台湾办的《自由中国》，都以督促政府为使命，他写过不少遭受国民党封杀的文章。

在学术方面，他1919年发表《中国哲学史大纲》上卷（下卷始终没有完成），替中国思想史研究启开了新的一页；他有系统地考证并出版具新式标点符号的白话小说，让小说在中国文学史中获得应有的地位；他证实《红楼梦》是曹雪芹作的，是新红学的开山祖师；他呼吁"整理国故"，与顾颉刚、陈垣等创办《国学季刊》。

胡适在美国做学生时就常用英文演说和发表文章，回国后多次出国参加会议或巡游演讲，深受当代欧美知识界爱戴。"七七"事变发生时，胡适正在庐山参加蒋介石召开的谈话会，蒋约梅贻琦、张伯苓、胡适等午饭，宣称和日本作战可支持六个月，胡适深感战争摧毁力的恐怖，强调不可放弃外交途径，蒋请胡适以"非正式外交"身份到美国去看看有什么办法。胡适翌年被任命为中国驻美全权大使，对美国接济中国抗日很有贡献。珍珠港事件发生美国直接参战后，胡适因与当外交部长的宋子文不和辞去大使职务。战后1946—1948年间任北京大学校长，1949年赴美定居，1958年到台湾就任"中央研究院"院长，致力促进台湾的科学教育，七十岁时在"中央研究院"院长欢迎新院士酒会上心脏病猝发去世。

胡适的档案资料和他与韦莲司恋情的发掘

在中国的历史中，大概很少人的自传文字比胡适保存较多的。胡适很早便有写日记的习惯，这也许和他父亲有关。胡传（字铁花，1845—1895）曾为清廷钦差大臣吴大澂的幕僚，随吴大澂在东北与俄国人交涉，跑遍大江南北以至海南岛，死于台湾台东知县任上。他自撰年谱并有大量自传式诗文和日记，记载绩溪在太平天国管制下的惨状，重建宗祠的艰辛，以及他在各地工作的情况。胡适三岁丧父，由母亲辛苦抚养长大，记忆中的父亲很模糊，完全靠读父亲的日记等文字认识他父亲。

北京大学图书馆数年前在胡适遗留的文件中，发现他十四岁时在上海澄衷学堂写的日记（见《北京大学图书馆藏胡适未刊书信日记》，北京：清华大学出版社，2002）。他最后的日记是逝世前三天写的，他将近四十岁时有一篇很长的"四十自述"在《新月》上连载；晚年又应哥伦比亚大学之邀，由唐德刚录音，用英文分十六次对自己一生作结评。此外还有不少其他自传式的中英文文章。

胡适朋友很多，写信很勤快，朋友们也珍惜他的信，他去世后赵元任、杨联陞，洪业等都公开了胡适写给他们的信。

胡适1948年仓促离开北京时遗留的文件被寄存在北京大学图书馆里。国内1954年发起大规模的批判胡适运动，为方便编辑批判胡适的资料起见，大批胡适手稿被挪到中国科学院哲学社会科学部（即后来的社科院）。他晚年的手稿和档案资料则存

韦莲司父母 1907 年在康奈尔大学附近建的大宅，父母逝世后她 1935 年把大宅卖了，建了一栋小的自己住，也有三间卧浴厨齐全的套房，钱紧时则收一两个房客。胡适和赵元任是这两栋房子的常客；曹诚英 1934—1936 年在康奈尔读硕士时也都住过。胡适 1958 年到台湾当"中央研究院"院长，江冬秀起初没跟去，有一次叫叶良才开车和他们夫妇俩到韦莲司处小住。2006 年摄

胡适 50 年代在纽约八十一
街住的公寓大楼。2005 年摄

台湾南港"中央研究院"史语所胡适纪念馆胡适
之墓地。2005 年摄

叶良才、江冬秀、韦莲司、胡适。1953 摄于纽约州绮色佳城韦莲司家中。
"中央研究院"胡适纪念馆授权使用

在台北的胡适纪念馆。此外胡适一生在美国一共将近二十五年，康奈尔大学、哥伦比亚大学、哈佛大学、普林斯顿大学、杜威中心等处都有胡适的资料。中美政府外交档案中自然也有很多胡适的资料。

胡适的留美日记有一部份被朋友抄录在1916至1917年的《新青年》发表，他后来把1910—1917年间没有遗失的留美日记全让上海亚东图书馆出版，原书名为《藏晖室札记》。改革开放后1985年社科院近代史研究所根据他留在北京1937年和1944年的手稿，连同《藏晖室札记》整理出《胡适的日记》，由北京中华书局出版。随后台湾远流出版公司受胡适儿子祖望的委托和台北胡适纪念馆的授权，1990年影印出版了他1921年至他去世时的日记。1997年安徽黄山书社影印出版了社科院耿云志编的《胡适遗稿及秘藏书信》四十二卷，包括胡适1919至1922年的日程表和日记，大致填补了这几年的空白。2001年安徽教育出版社把已知的胡适日记重新整理排版，2001年刊出《胡适日记全编》。2005年台北联经出版公司进一步刊出了《胡适日记全集》、除收录了所知的胡适日记以及日记上附贴的剪报外，还加上索引，序言是余英时写的。

从胡适的日记中，我们发现他和他三嫂的同父异母妹妹，有一段如火如荼的恋情。1923年日记中多处提到曹诚英、佩声、"娟"以及曹诚英的前夫胡冠英，在西湖畔的烟霞寺里，胡适"与佩声出门看桂花"，"夜间月色不好，我与佩声下棋"，"傍晚与娟同下山，住湖滨旅馆"等等；10月3日，胡适写道："自此一别，不知何日再能继续这三个月的'神仙生活'了！枕上看月徐徐移过屋角去，不禁黯然神伤。"又记徐志摩和朱经农来西湖，他和娟同游湖等等。这段婚外情到1926年告一段落；1928年在南京时记："下午去看佩声，两年多不见她了。"胡适是个有考证癖的人，没有讲明白这段恋情，似乎对身后的读者构成挑战，读者若不知曹诚英、佩声，和"娟"同是一人，就摸不清楚事情的来龙去脉。这段情90年代因日记曝光后，得胡适和江冬秀的亲属及曹诚英的友人证实。明白这段恋情，我们才能看得懂胡适1923和1924年写的情诗。

胡适和韦莲司的恋情也是因他的日记引起学者注意的。他日记里1914年6月第一次提到韦莲司女士，以后两年中频频提到她，有时称她Clifford或C. W.，最后一次提到她是1949年7月。胡适逝世后，韦莲司把胡适从1914年到1961年写给她的信，捐献给台北的胡适纪念馆，其中有些经她打字重抄，把若干段落删除了，当时没有引起多大的注意。胡适的日记发表后，日本学者藤井省三1995年利用康奈尔大学档案和有关韦氏家族的材料，写了一篇"胡适恋人E. 克利福德·韦莲司的生平"连载在日本《东方》180号到182号。旅美学人周质平除研究明代学风外，还是个胡适迷，上大学时便喜欢看胡适的作品，以后有系统地研究胡适并搜罗有关胡适的文件，有多种著述并编有《胡适早年文存》、《胡适英文文存》和《胡适未刊英文遗稿》。他在胡适纪念馆看了胡适写给韦莲司二百多件的信和电报，也看了该馆所藏1949年后韦莲司写给胡适和江冬秀二十多封信。心想韦莲司 1949 年前给胡适的信必然仍在大陆，便向中国社会科学院打听，果然获得一百多封，这些信差不多都是用铅笔手写的，不容易辨识，比胡适的信随便而且露骨多了。

有关韦莲司 (1885—1971) 的资料

韦莲司出自康奈尔大学的所在地伊萨卡城（胡适称它"绮色佳"）的望族，父亲是著名的古生物学家，在康奈尔教书，胡适可能上过她父亲的课。胡适认识韦莲司时，她在纽约市从事艺术创作，当时欧洲有少数艺术家自 1910 年开始尝试作抽象画，韦莲司是美国最早创作抽象画的艺术家之一，现在费城美术博物馆 (Philadelphia Museum of Art) 仍展示她 1916 年作的抽象派油画，题为《两种韵律》。我们所知关于韦莲司的资料分散在下列各处：

· 康奈尔大学图书馆藏有庞大的韦莲司家族档案，但她本人的资料不多。

· 有一本关于伊萨卡望族房地产的书对她的家族有详细的描述：Carol U. Sisler, *Enterprising Families: Ithaca, New York* (Ithaca: Enterprise Publishing 1986)。

· 韦莲司与 20 世纪初美国艺术界的风云人物 Alfred Stieglitz 有交往，耶鲁大学 Beinecke Rare Book and Manuscript Library 图书馆 Stieglitz 档案里有几封她的信。

· 韦莲司的作品，包括一件要观众用手触摸的石膏像，被刊登在数种前卫艺术刊物上。

· 有数种美国艺术史著作里提到韦莲司，包括：William Innes Homer, ed. *Avant-Garde Painting & Sculpture in America 1910-25*（Wilmington: Delaware Art Museum, 1975）；Betsy Fahlman, "Women Art Students at Yale, 1869-1913: Never True Sons of the University", *Woman's Art Journal* 12.1（Spring/Summer 1991）: 5-23; Francis M. Naumann, *New York Dada 1915-23*（New York: Harry N. Abrams, Inc., Publishers, 1994）, 183.

· 韦莲司 1923—1946 年当康奈尔大学兽医学院图书馆馆长，该馆档案里有关于她的资料。

· 韦莲司逝世后，她的侄儿把她早年的绘画捐给耶鲁大学图书馆。

· 管辖伊萨卡城的 Tompkins 县法院档案里有不少关于韦氏家族地产交易、遗嘱等资料。

（此文节录于南开大学 2006 年 8 月 "中唐以来思想文化与社会演进" 国际研讨上的讲稿，原刊于《中国思想与社会研究》第一辑，北京：中国社会科学出版社，2007）

胡适的恋人及诤友韦莲司的身世

　　围绕胡适（1891—1962）身边的女子中，对他影响最大的算是他在康奈尔大学读书时就认识的韦莲司（Edith Clifford Williams，1885—1971）。他对韦莲司爱慕之心，自己早在1939年出版的留学日记内披露，然而到1997年，普林斯顿大学周质平教授在台北胡适纪念馆及北京的中国社会科学院近代史研究所档案中发掘了他们三百多封的来往书信，我们才知道两人于1933年终成情人。胡适做大使后虽渐渐疏远，但仍互相关怀，胡适去世后韦莲司和胡适太太江冬秀多年仍靠人翻译互致问候。

　　胡适自言韦莲司大大改变了他对妇女地位的看法，让他理解到妇女教育的最高目的，是要培养独立的人格；他在一篇英文自传内特别提到韦莲司介绍他看英国政论家莫雷（John Morley）的《妥协》一书，影响了他一生，他没有明说韦莲司1914年介绍他看该书，解除了他当时一个心结：他正困惑于自己作为一个独立思考的现代人，终身大事怎能让他母亲做了主，莫雷书中说我们一切事都应该凭自己的信念去做，唯独因父母之恩可以例外。韦莲司比胡适大六岁，在他们早年的书信内，处处可看出胡适持虚心就教的姿态，听韦莲司讲解激进派和保守派如何对人类的进展皆有其功用，容忍和妥协的差别，狭窄爱国主义的弊病，和平非战主义的理想等等，胡适很多社会政治主张都是那时候形成的。胡适对文学的看法，他新诗的尝试，很显明受了韦莲司从事前卫艺术创作的影响。胡适向韦莲司几乎无话不说，他生性秉直，对外交没有兴趣，极不愿意在国际舞台上做中国的代言人，在这方面韦莲司常常激励他。后来国民政府崩溃，胡适在大陆成众矢之的，在台湾也备受非议，韦莲司一直是他的精神支撑之一。

周质平教授1998写了《胡适与韦莲司：深情五十年》一书，在海峡两岸都引起不小的反响，他抽不出时间来写英文版，恰巧我们2002年在香港相遇，便邀我参与这工作。胡适与韦莲司的信本来就是英文的，这工作理应很容易做，问题是英文读者早已淡忘了胡适这人；西方学术界也是势利的，1949年后，一般都以为胡适高谈人权自由，提倡"多谈些问题，少谈些主义"，完全与时代脱了节，数十年已经不提这群失意文人。没料到中国来个大转弯，突然呼吁"实践是检验真理的唯一标准"，因此方寸大乱，尚未回头探索中国实验思想的源流。我们用英文重提胡适旧事，竟需重新介绍胡适，并对他们不熟悉的当时社会经济文化政治环境穿插着描述。另外鉴于西方读者必对韦莲司这不凡女子更有兴趣，不得不先从发掘韦莲司的资料着手。

折腾了七年,《务实者与他的自由魂:胡适与韦莲司半世纪的恋情》(*A Pragmatist and His Free Spirit*) 最近终由香港中文大学出版了,北美地区由哥伦比亚大学出版社发行。Pragmatist 这字有双重意思,指胡适作风务实,也指他推崇杜威的实验主义哲学(pragmatism,也称实用主义);"自由魂"也有双重意思,指胡适本身崇尚自由,也可以代表韦莲司本身。

韦莲司是个什么人?是什么环境下孕育出这么一个特立独行的女子?她从事艺术有什么成就?

韦莲司是美国最早创作抽象画的艺术家之一,可惜前卫抽象艺术在美国风光了约十年后就寂寥了半个世纪,一直到七十年代才又受青睐,很多当年的艺术家事迹已经淹没了。所幸我们得到两位艺术史学者的协助,一位是莱斯大学现已退休的卡姆菲尔德教授(William Camfield),他在韦莲司去世前一年访问过她,另一位是亚利桑那州立大学的女性艺术史专家法尔曼教授(Betsy Fahlman),过去三十多年收集了不少关于韦莲司的资料,印了一份给我们,包括李又宁教授多年前与她分享的资料。

韦莲司出自康奈尔大学的所在地纽约州伊萨卡城(胡适称它"绮色佳")的望族,祖父是康奈尔大学建校校董之一,父亲是著名古生物家,曾在耶鲁授课,因此韦莲司七岁至十九岁在康州纽海文度过。她的艺术基础主要是在耶鲁大学艺术学院打好的,后来在欧洲学过画。韦莲司大哥从事金融,是康奈尔大学的董事;二哥工程系毕业,但不事正务是个败家子;姐姐多病,没有嫁人,中年就去世了。韦莲司六个姑姑中有三个终身不婚。韦氏家族对女子的婚姻似乎抱着模棱两可的态度，1937年韦莲司五十二岁时有个体面的人向她求婚，她为这事很苦恼，写信给胡适说："我父亲曾劝告我：除非不得已还是不要结婚好。"父亲劝女儿不要嫁人，这在 20 世纪初，无论中国或欧美说出来都是相当惊世骇俗的。这句话后面有数层意义：这父亲相信女儿不需要男人养，他是个开明不拘俗见的父亲，而且他本人的婚姻并不美满，不希望女儿重蹈覆辙。

韦莲司的父亲很疼爱她这位最小的女儿，设法让她受好的教育，除聘请私人教师外，还亲自授课，她到欧洲学画是受父亲鼓励的。韦莲司的母亲是个见识一般而相当犀利的妇人，不赞成女儿到欧洲，觉得她应该在家陪伴母亲和祖母，频频写信催她回美，最后干脆自己追到英国女儿身边。韦莲司在巴黎 Académie Julian 只逗留了两个月，写信给父亲说，其实在巴黎学画跟在美国没有两样，都要凭自己摸索，唯一的好处就是巴黎有裸体可模拟（当时在耶鲁大学也仅靠石膏像模拟）。至于所谓的艺术家波西米亚生活方式，她觉得没有甚么好稀奇的，她和母亲离开巴黎后畅游了意大利，有趣的是这位胡适跟着叫母亲的人（他甚至写信请他在安徽的老母亲向韦氏母女致安）特别喜欢胡适，胡适往往成为韦莲司与她母亲间的调人，胡适回国后她几乎比女儿更牵肠挂肚地想念胡适。

胡适在 1914 的日记中首次提及韦莲司时，她已经违拂母意在纽约从事艺术。俄人康定斯基（Wassily Kandinsky）公认是头一个 1910 年在德国创作现代抽象画的人，把抽象艺术引进美

三岁的韦莲司与她的祖母、父亲及哥哥，
摄于 1988 年。Tom Balcers 提供

韦莲司 1916 年作的《在 de Zayas 处创作的用手触摸感受的石膏像》(*Plâtre à toucher chez de Zayas*)。Francis M. Naumann 提供

邓肯、艾琪芙与艺评家 Paul Rosenfield。施帝格利兹 1920 年摄，瓦萨学院藏。Frances Lehman Loeb Art Center, Vassar College. Courtesy 2009 Georgia O'Keefe Museum/Artists Rights Society, New York

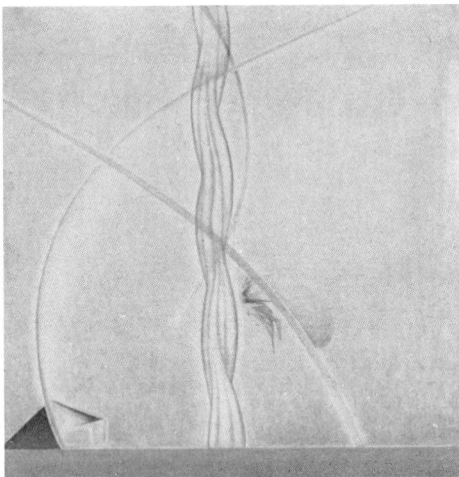

韦莲司 1916 的油画《两种韵律》(*Two Rhythms*)。
费城美术博物馆藏
Courtesy of the Philadelphia Museum of Art, The Louise
and Walter Arensberg Collection

德姆的《邓肯》(*Duncan*), 1925。耶鲁大学图书馆藏
Beinecke Rare Book and Manuscript Library, Courtesy of
Demuth Museum, Lancaster, Pennsylvania

国的则是施帝格利兹（Alfred Stieglitz）。施帝格利兹也是把摄影当艺术的祖师爷，他在纽约第五街291号有个美术廊展览并代理前卫艺术家的作品；291便成为艺人和收藏家的活动中心。他又用291为名办了一份杂志，1914年7月号请了他的朋友撰文表述他们对此美术廊的感想，韦莲司也写了一篇，说施帝格利兹的强悍作风虽然和自己不同，但很欣赏他。现在耶鲁大学藏的施帝格利兹档案中有数封韦莲司的信，显示两人有一段亲密的友谊，也有传言说他们曾为情人，但从资料看来多情的施帝格利兹似乎追求过韦莲司但被她婉拒了，他后来和现在比他风头更健的女画家艾琪芙（Georgia O'Keefe）成婚。

韦莲司有些早期素描收藏在耶鲁大学善本图书馆，我们知道她1914年便开始作抽象画，但所知仅存一幅题为《两种韵律》（*Two Rhythms*）的相当大的油画，以细致的笔触和极柔和绮丽的色彩描绘两种重叠的韵律：几何线条式的韵律以及有机生物的韵律，图中有个似是人的心脏样的东西依附在一条曲线上。因此画是1916年韦莲司和胡适早年关系很密切的时期作的，可能意指理智和感情，或者代表胡适与韦莲司本身都不一定。当然，也不排除它只客观地表达宇宙间存在的两种韵律。此画被权威鉴赏家爱伦斯伯格夫妇（Walter and Louise Arensberg）购入，费城美术博物馆特地为这对夫妇的珍品盖建了一栋楼，《两种韵律》便被展示在现代名家的作品间。

韦莲司另有一件作品曾风光一时，但现在下落不明，她1916年塑造了一尊石膏像，不是让人看而是让人用手触摸的，达达派艺术家杜尚（Marcel Duchamp）当时恰好在纽约，把此作品的照片登刊在他的杂志上，有人将此照片带回欧洲，文化泰斗阿波利奈尔（Guillaume Apollinaire）为此作品在巴黎开了研讨会。韦莲司和胡适的信中常谈及一位叫邓肯的人，1937年讨论她该怎样处理求婚事时，韦莲司披露她与邓肯曾论及嫁娶，她及时发现邓肯夸大了他的家世，把酗酒的母亲形容得非常好，才解除婚约，邓肯因而企图自杀，让她终身感到内疚，觉得害了这人一世。韦莲司过后仍欣赏他的才华，很照顾邓肯，屡次安排胡适和他谈话指点迷津。

我们问莱斯大学的卡姆菲尔德教授知不知道邓肯是谁，他起初想不起有此人，但突然记得最初与韦莲司接触时，她怂恿他去看一位叫查里斯·邓肯的画家，说这人已经很老而且有点古怪，但有不少画值得抢救，结果卡姆菲尔德没有去看邓肯；他告诉我们邓肯现在虽然默默无闻，倒因德姆（Charles Demuth）替他做了一幅"海报肖像"在艺术史上留名。德姆的"海报肖像"是抽象的，不画眼睛鼻子嘴巴，却用各种实物影射画中主人，他有幅叫《五号》的画是纽约大都会博物馆镇馆之宝之一。《五号》的主题是诗人威廉斯（William Carlos Williams），画中呈现的却是疾驶中的"五号"火车头，向观众冲着来，原来该诗人有一首关于五号火车头的诗，而他的性情正像火车头那么刚烈。卡姆菲尔德还说《邓肯》此画多年来是美国艺术史上一个谜团，从来没有令人满意的诠释。

我去耶鲁大学看了这幅画，画的上截仿油漆匠用的大写字母描了 C. DUNCAN 的字样。下截的焦点是一朵鲜艳怒放的白花，嵌在一个老式椭圆形黑框内，两侧是一对规矩的长春藤。画的上下两截不但不协调，而且被一条彩虹似的彩带隔开；仔细看，上截的字母落笔在一张纸上，而纸竟是歪的，而且字母的最低处被切除，重现在下截的顶端，却又排不齐，令人看得周身不自在。

我参考了历来对此画的诠释，又向美国政府要了邓肯 1936 年填写加入社会福利的申请表，自认把握了新资料，对此"海报肖像"有新的看法：相信此画上截影射邓肯的职业，因他除作画外还替人油漆大型广告牌，以此谋生，也许亦影射他为人粗鲁；白花则指邓肯一生中最重要的人，就是皮肤特别白皙美丽性情豪放而却又端庄有礼的韦莲司，长常春藤代表她的家庭背景。德姆和邓肯都很崇拜施帝格利兹，施帝格利兹替两人都办过画展，德姆成了名，邓肯的作品则无人问津。德姆 1925 年作此画后有两封给施帝格利兹的信上提到邓肯，第一封说："邓肯画完了，看起来相当滑稽。"次年道："今春在纽约见到邓肯，老天，他是我们中最疯的一个！"我们从一篇访谈艾琪芙的文章知晓，她和施帝格利兹 1924 年结婚之后就没有再见过邓肯，可见这潦倒画家此时已经被摒弃在此令人称羡的小圈子外。德姆、施帝格利兹、韦莲司都出身于富裕的家庭，施帝格利兹也许本来对韦莲司有意，德姆是同性恋者，但对这跟自己竞争的穷小子追求韦莲司也许亦不以为然，怪的是韦莲司对邓肯却一往情深。看样子德姆和施帝格利兹曾闲谈过这在他们眼中极不协调的恋情，德姆决定把他的感触付诸画上；以花拟人和把第三者引入画中，在德姆其他"海报肖像"都是有例可援的。我把这些看法写了一篇文章，投稿到美国国家史密森博物馆出版的美国艺术学刊，居然被肯定，2008 年秋季刊登了。

抽象画好劣往往见仁见智；邓肯大概真正有才华，他 1916 年当杜尚和毕加索都尚未十分闻名之前，就独具慧眼说这两位是当代所有的艺术家中最有活力的，可惜怀才不遇。然而胡适得知这不起眼的潦倒画家，竟多年在他敬慕的女人心上有和他几乎同等的份量时，也许也不是滋味。

自从支持她从事艺术的父亲 1918 年逝世后，韦莲司便停止创作，在家陪伴多病的姐姐。姐姐 1921 年亦逝世后，曾有段时间帮教过胡适的史学教授布尔（Lincoln Burr）整理文稿，布尔从此成为他们两人共同关心的对象。布尔去世时胡适很震惊，写信给韦莲司说刚刚去费城看过他，他对胡适说的最后一句话是："容忍不如对抗壮烈，但比对抗更重要。"胡适二十多年后的 1959 年在《自由中国》上发表了"容忍与自由"一文，便引了布尔的话开头，说他自己年纪越大，也越觉得容忍比自由更重要，没有容忍，就没有自由，因为一切对"异己"的摧残，都出自深信自己是不会错的心理。其实韦莲司 1914 年写给胡适的第一封信中，就谈到容忍的重要，胡适此时不一定记得，记得也许也不便提起。

韦莲司 1923 年成为康奈尔大学兽医学院图书馆第一位全职馆长，做到 1946 年退休，深受兽医学院师生爱戴。她办事稳健作风低调，他们对她在艺术界的成就一无所知，也许视她为老姑娘，必定不会猜到她有轰轰烈烈的感情生活。1938年胡适受命任驻美大使时向韦莲司倾诉他极不愿意干这差事，韦莲司写信责备胡适不够志气，不愿管束自己，生在这时代大难临头，他不能退却责任只能硬着头皮去干。胡适眉批说韦莲司有理，没有把这信归档，似乎留在身边督促自己。当时韦莲司为了亲自照料长久在她家的老仆人，下班后还去上课学护理。一位上流社会白妇人亲身服侍非裔男仆，40年代就是在相当开放的伊萨卡城也会传为奇谈。

要了解韦莲司，必须知道她非常仰慕当时在芝加哥办睦邻中心（settlement house）的亚当斯（Jane Addams）。睦邻中心运动肇始于19世纪的英国，牛津大学的毕业生在贫民区租了房子居住提供各种免费服务，这概念在美国吸引了些受过高深教育而家有恒产的女子，为她们婚姻外的另种选择。她们或秉宗教热忱，或基于人道，深信慈善家捐钱那种居高临下的行善方法是伪善，必须与不同阶级的人共同生活才能体现人人平等的理想。亚当斯眼光特别广大，她办睦邻中心时发现许多穷人的问题是社会制度的问题，领头催促国会立法改良许多社会制度。韦莲司写给胡适的信中屡次提到亚当斯，1915年初亚当斯到伊萨卡城演说她更鼓励胡适去听，不知道胡适去了没有，那时候亚当斯还不是很有名，1931才获诺贝尔和平奖，胡适大概不知道杜威先生也极推崇亚当斯。

世上的事有些当事人不清楚，反而是后人编传记看传记时才窥到全豹的呢!

（原刊于台北《传记文学》2009 年 8 月号和

《胡适研究丛刊》2009 年第 3 期）

编补：

此文基本上用中文重写了作者在具有脚注的"Painting Signs: Demuth's Portraits of Charles Duncan"（*American Art*, 2008 秋季号，第 90-101 页）一文。写此文时没注意到德姆那两条长春藤似乎托住歪斜的"邓肯"，而"邓肯"唯一不歪斜的部分，就是接近常春藤那一小片。长春藤看似弱不禁风，却坚韧无比，也是韦莲司性格很好的一个反照。

德姆有当时无法医治的糖尿病，五十出头就逝世了，从没有结婚，也没有子嗣，遗嘱执行人就指定艾琪芙。艾琪芙把德姆《邓肯》的这幅"海报肖像"捐献给耶鲁大学，后来把自己与施帝格利兹的书信和文稿亦捐献给耶鲁。

赵元任、胡适与韦莲司：半世纪的友谊

　　停办了八十年之后，北京清华大学国学研究院今年又恢复了。1925 年该院初成立的时候，聘请了"四大导师"，一时成为佳话。四人中的王国维、梁启超和陈寅恪大家耳熟能详，赵元任这名字则可能已经有点陌生，有些读者也许仅仅知道他是语言学家，是《叫我如何不想他》的谱曲人和《阿丽思漫游奇境记》的中译者。赵元任与胡适很要好，我有幸见过他，这几年和周质平合作用英文撰写胡适与韦莲司的一段跨国恋情（*A Pragmatist and His Free Spirit*，香港中文大学出版社，2009），搜集资料时特别注意赵元任。出书后，偶然在加州大学柏克莱校区图书馆的赵元任档案中，看到他的日记以及他写给韦莲司的信，对他们三人间的友谊，对赵元任本身都有深一层的了解。（韦莲司 1959 年把赵元任早年寄她的信奉还，现存在加州大学柏克莱校区 Bancroft 图书馆珍藏的赵元任档案，见第 21 箱 "Old Letters Clifford Wms"；赵元任 1915 日记见第 24 箱；1955 年日记见第 36 箱。）

胡适和赵元任 1910 年同考上第二批庚子赔款公费留美，同就学于在纽约州北部绮色佳小城的康奈尔大学。胡在他的留学日记上说："每与人评论留美人物，辄推常州赵君元任为第一。"赵则视胡为知己，欧战爆发后罗素因反战被驱逐出英国剑桥大学，赵接到消息马上写信给胡为这事嗟叹。

　　赵的童年比胡幸福得多。他是宋太祖的直系后裔，小时在祖父做知州的各处衙门长大，有专门看顾他的老妈子，回忆中充满童趣。他虽然十二岁时父母双亡，但家境富裕，仍得伯母姨妈的照料，这对天分极高的孩子未尝不是好事，少了许多心理上的压力。胡则长在人事复杂的环境里，三岁时在台湾做知县的父亲去世，死因不明。识字不多的母亲是父亲第二次续弦的妻子，在与她年龄相若的前妻儿子媳妇间诚惶诚恐，用一块豆腐都得记账，她把所有的心血和指望放在自己唯一的儿子身上，从小就要求胡做个完人，让胡承受莫大的压力。

　　赵小时候虽然频频搬家，但一直被笼罩在家人的爱护中，使他有一种贵族传统，不太在乎别人怎样想，我行我素的习性；因孩提幸福，故特别珍惜"平常过日子的滋味"，自传里有一大段企图捕捉这种平常滋味（见《从家乡到美国：赵元任早年回忆》，学林出版社，1997）。胡成长的环境则养成他对人事特别敏锐，随时保持高度警惕，然而这种长期苦行僧性的约束一旦放松，便一发不可收拾。早在 1921 年一个聚餐上，也是胡留学时的朋友郑莱替胡看手纹取乐，说他可以过规矩的生活，但也能放肆，他当天日记上就说外人很少知道他这容易沉溺的弱点。

赵胡两人的悟性是相当的，都思路敏捷，记忆性过人，可是赵按部就班所受的正规教育比胡强得多了：不但有很好的家塾老师，还有祖父亲授他《大学》，父亲教他《尚书》、《左传》，母亲教他作诗填词唱昆曲，赵家连丫头都会做诗。他十四岁进新式学堂开始学英文、代数、几何，十五岁考入南京的江南高等学堂便学物理化学等，英文和生物是美国人教的，在课堂上观察过死狗被解剖。他到北京应考在堂姐家有三个月从容的准备，无怪乎上榜第二名。以后到了康奈尔，很多年保持该校有史最高平均分数。反观胡十三岁自安徽家乡到上海共上了三所学校，到处跳班却都没有毕业，许多时候在搞学生活动，办刊物，教课赚钱。他到北京应考的盘缠是靠热心朋友凑齐的，他在七十二位上榜的人中名列第五十五。

　　胡与赵在康奈尔先后选择了哲学课，同对基督教有浓厚的兴趣但没有入教，有不少共同的中外朋友。赵和数位康奈尔同学于1914年组织科学社出版《科学》月刊时，也邀请胡参与。《科学》创刊号次年元月在上海发行，是中国第一本综合性科学刊物，1951年才停刊。很多重要科学成果都发表在《科学》上，在中学打杂的华罗庚是在《科学》崭露头角后被清华大学录取的。为了维持《科学》的经费，赵有一时期省吃节用竟病倒了。经胡提倡，《科学》一开始就有新式标点符号，比《新青年》还早，不久便全使用白话文。

　　赵与胡两人都被长辈定了亲，有未曾谋面的未婚妻，但到了男女可以自由交往的美国，十来二十岁的人自然对异性有兴趣，结识几个"发乎情止乎礼"的女友。赵元任自传说他与某好友的未婚妻出外看戏等，回来会有某种激动，当然没对女方表达；胡留美时未婚妻江冬秀早就到他家服侍他的母亲，令胡最不满的是屡次写信劝江冬秀读书都没有反应，但他1917年回国后还是遵母命与江冬秀结婚了。

胡适留学时爱上了古生物教授的女儿韦莲司。日记中开始提到她时，韦莲司在纽约市从事艺术，回绮色佳城看父母时和胡相识，但他们虽往来频密也没有越轨的行为，成为情人是1933年胡适第三次到美国的事。胡1915年6月作的《满庭芳》里有这么一句："枝上红襟软语，商量定，惊地双飞，何须待，销魂杜宇，劝我不如归？"用美国没有的杜宇象征在中国的未婚妻，用中国没有的红襟鸟象征韦莲司，可谓用心良苦。

韦莲司出自绮色佳望族，见识广，有思想，特立独行，是美国最早创作抽象画的艺术家之一，现在费城美术博物馆仍展示她一幅题为《两种韵律》（*Two Rhythms*）的相当大的油画。她转变了胡对妇女的看法。胡适搬到纽约市转入哥伦比亚大学读博士后，韦莲司介绍胡看现代画，让胡领悟到艺术是可以不受任何拘束的。韦莲司有个时期不在纽约市，胡适和另一位朋友租了韦莲司的公寓，他的《文学改良刍议》和最早的白话诗都是在韦莲司的公寓写的。他看了前卫艺术画展后写信给韦莲司说："这展览给我最大的感受就是它敢于尝试的精神。我从来没有看到艺术家这样勇敢地表达自我。这本身就是健康活力的

杨步伟和赵元任，长女赵如兰 2007 年提供

自左至右：徐志摩、朱经农、曹诚英、胡适、汪精卫、陶行知、马君武、Eloise Ellery（瓦萨学院的历史教授，陈衡哲的老师）、陈衡哲。1923 年摄于杭州。瓦萨学院图书馆藏。

Courtesy of Special Collections, Vassar College Library

印证。"1917年胡出版第一本白话诗集把它叫《尝试集》。

赵元任本来就和韦莲司家人有来往，与她相熟是1915年7月韦莲司去波士顿美术馆看到马远、范宽和宋徽宗的画后想学用毛笔。赵将到哈佛攻博士，胡请赵路经纽约市时教她。赵的自传里说："在纽约市时，胡适与我的共同朋友威廉姆斯（Clifford Williams）小姐请我晚餐。"但他的日记和书信显示他在纽约见了韦莲司两次，韦莲司请他在阳台上吃早餐，隔了一天又请他吃下午茶，可没有请晚餐。赵大概因说请早餐可能令人误会，中国人又没有请吃下午茶的习惯，却想为这美好的回忆留个印记，便写说请了晚餐。他们谈得非常投机，赵马上有两封风趣的明信片寄给韦莲司。而她10月写给胡的信中说在草地找到三棵罕有四瓣叶子的苜蓿——俗称会带来好运——分别寄给胡、赵和他们另一位共同的女友。

赵在哈佛常和韦莲司通信，送中国书法帖给她，报告他的学业进展，论文写毕后说独个儿到麻州乡下漫游时，徜徉在山水间竟忘了身在何国何世。赵继而到芝加哥和加州进修，1919年回康奈尔大学做物理讲师那一年，韦莲司的父亲刚去世，她留在绮色佳陪伴母亲，过从相信更频密了。

赵次年从康奈尔请了假到清华教书，回国目的之一是要托长辈替他解除婚约，果然给了女方两千元"教育费"办妥了。他在清华只教了几堂课，碰上梁启超、张东荪等进步党人请了罗素来中国讲学，要赵做翻译。素来敬仰罗素的他自然欣然同意，1921年4月兴高采烈地写了明信片给韦莲司，说他替罗素做翻译，凑巧胡也正在替杜威做翻译；又报告有个医生告诉他晚间睡六小时加上半个小时的午觉，善于晚间长达七个半小时的睡眠，解答了韦莲司曾提出的问题。

这明信片上的医生肯定就是赵在北京差不多每天见面的杨步伟。她字韵卿，比赵大三岁，是个奇女子，小时家里把她当男孩带大，二十岁就当起校长，监过斩，刚从日本东京大学女医学校回国开医院（见《一个女人的自传》，台北传记文学出版社，1969）。赵爱上了这位快言快语的漂亮医生，不久就请胡见证他们别具风格的婚礼，除了胡之外只请了一位女士。晚餐新娘子自己烧菜。茶后，赵取出他手写的文件，要胡和朱大夫签名作证。胡本来猜到请客是怎么一回事，带了一本他注解的《红楼梦》，精致地包起来当贺礼，为防猜错还在外面加包一层普通纸。

婚后赵决定不回康奈尔而去哈佛教哲学。他1923年复韦莲司的信说："你问我幸运的妻子是否跟我在一起，应该说她幸运的丈夫跟她在一起才对。可惜我讲英语的朋友们不易明白我这句话，因为她思考和表达方式都是中国型的。"过了两年清华成立国学研究院，聘王国维、梁启超、陈寅恪和赵元任为导师，这次赵辞了哈佛的职位回国逗留十三年，可视为响应胡"整理国故"的呼吁。他致力于研究方言，对中国语言理论、国语语音的统一很有贡献。以后胡参与中华教育文化基金会，筹办中央研究院，赵都踊跃加入。胡四十岁生日赵给他的祝贺词说：

你是提倡整理国故的喀

所以我们都进了研究院

你是提倡白话文学喀

我们就啰啰嗦嗦的写上了一大片

胡适在上世纪 20 年代中段心情很恶劣，女儿及两个心爱的侄儿相继去世，家里开支庞大捉襟见肘，旧时朋友因国共相斗反目成仇，加上自己陷入和他三嫂妹妹曹诚英的恋情难以自拔。且看地质学家丁文江的信便知道胡当时情绪低迷的地步：

……信拆开一看，果然是满纸的气话……我们想你出洋，正是要想你工作；你若果然能工作，我们何必撵你走呢？你的朋友虽然也爱你的人，然而我个人尤其爱你的工作。这一年来你好像是一只不生奶的瘦牛，所以我要给你找一块新的草地，希望你挤出一点奶来，并无旁的恶意。

看样子胡为了曹诚英的缘故，1926 年很不愿意离国到欧洲去，去了欧洲后也不想到美国交论文，完成他拖延多年的博士学位程序。他写信给韦莲司说自己是"近乡情怯"（用英文解释，因韦莲司不懂中文）。此时韦莲司已经放弃艺术创作，凭受过父亲严格的科学训练，被聘为康奈尔兽医学院图书馆首任馆长。从韦莲司下面的信，可见得胡到了绮色佳后，便向韦莲司诉说自己如何孤独，半文盲的太太江冬秀如何无知，与他格格不入且不懂得教育孩子，以致他考虑把大儿子托巴黎一个朋友养。他想从韦莲司处得到些同情与温暖，没想碰到钉子：

亲爱的适，

　　首先声明，我将不会写任何不忠于你妻子或对你妻子不体恤的话语（我相信我不忍心这样做）——你的妻子必定非常爱你……你们两人同是不幸的制度下的牺牲品……她也许不清楚，你却完全了然，你有太多她没有的机会……责任当然落在觉醒的一方……对于与我们性情不合的人，除了用艺术家的眼光探索他们天生最好一面外，难道另有更公平的态度吗？……把别人理想化只能导致幻灭……谈到孩子，更让我们体会到对身边的人而言，价值观念与行为远比语言重要……我希望你把祖望送到那巴黎的人家。在这之前，你能不能学会嬉戏和他作个伴呢？我总觉得世间最忽略的资源就是嬉戏，要能够在社会上撑得住，没有比嬉戏更重要了。不是指声色犬马，或神经兮兮的寻乐，而是真正轻松忘我地让想象力奔驰，表现自己另外的一面。赵元任无论在任何困境都不会令人觉得他可怜，因为他能随时以嬉戏的心态从中获得乐趣。

　　韦莲司 1927 年写这封信时，认识胡适至少有十三年，认识赵元任也至少有十二年。她对这两位朋友的评语是相当中肯的。

杨步伟 1939 年五十岁生日时，赵元任在耶鲁大学任教，韦莲司约了已做驻美大使的胡适，由她做东在大学附近一家餐厅请吃茶替杨步伟庆生。赵夫妇也许知道胡与韦莲司数年前成了情人，但肯定不知胡新近又和曾看顾他的护士相好，韦莲司还蒙在鼓里。胡那天的心情相信是很复杂的。

1941 年胡退卸下大使职任后，赵又已回到哈佛教书。胡每次到康桥总和赵夫妇聚，1944 年秋胡到哈佛讲八个月的课，在旅馆下榻但在赵家用膳。

战后胡当北京大学校长，赵夫妇知道国内通货膨胀生活困难，托人带了钱给胡。胡不肯受，说"赵太太一定是怕我们在国内要饿死！"倒劝赵到北大教书。后来还是赵劝胡在美国定居，替他出主意找事，送大部头的工具书给他，随时听他发牢骚。

江冬秀到了纽约市后，胡只好亲自买菜让太太做饭，她除了打麻将外便是看武侠小说。据胡颂平《胡适之先生晚年谈话录》（台北联经出版事业公司，1984），有一次小偷从窗口爬进他们五楼的公寓，江冬秀一人在家，便开门请小偷出去，小偷也许向她说了些话，见老太太听不懂竟乖乖从大门走了。这事充分表现江冬秀虽识字不多又缠了脚，但不失大家闺秀本色，临危不乱。

胡虽然与韦莲司断了情缘，仍维系着友谊。1953 年夏韦莲司请胡夫妇到绮色佳小住，胡在致赵夫妇的信上轻描淡写道："冬秀同我在 Ithaca 住了二十七天，很舒服。"赵夫妇自然明白他言外之意，就是胡在妻子和旧情人间并没感到为难。韦莲司存心要和江冬秀做个朋友，聊以弥补她的内疚。江冬秀显然非常喜欢韦莲司，以后另结伴到绮色佳访韦莲司。过了两年赵夫妇也到绮色佳韦莲司家住了六天，走访老朋友，并探望在康奈尔读硕士的最小的女儿。

经赵奔走，加州大学 1956 年高薪请胡授课一学期。赵建议胡夫妇就住他们家，胡来信说冬秀不愿去，而他自己是个日夜无常的"恶客"，托订旅馆。这学期过后，赵要游说加大长期聘任胡，胡谢辞的信凸显他们情同手足：

    元任，韵卿：

    ……我盼望你们不要向 U. C. 重提此问题，因为我现在的计划是要在台中或台北郊外的南港寻一所房子为久居之计。不管别人欢迎不欢迎，讨厌不讨厌……

    我在今年初，——也许是去年尾，——曾有信给元任，说明为什么我这几年总不愿在美国大学寻较长期的教书的事，我记得我说的是：第一，外国学者弄中国学术的，总不免有点怕我们，我们大可以不必在他们手里讨饭吃或抢饭吃。第二，在许多大学里主持东方学的人，他们的政治倾向往往同我有点"隔教"……（以下两点是今天加上的）第三，我老了，已到了"退休"的年纪，我有一点小积蓄，在美国只够坐吃两三年，在台北或台中可以够我坐吃十年而有余。第四，我诚心感觉我有在台湾居住工作的必要。

其中一件事是印行我先父的年谱和日记全部；第二件事是
完成我自己的两三部大书……因为韵卿性子急，她对我的
事太热心了，往往没有耐心听我"坦白"！请你们不要笑
我这篇坦白书！

适之

一九五六，十一，十八夜

早十多年前欧美各大学纷至沓来的聘书胡推卸尚来不及，
为何到了五十年代反而要赵替他找事呢？先说明，不是没有大
学要胡，英国牛津大学就打算聘胡担任讲座教授，打听他愿不
愿意，胡却怕卷入政治纠纷推了，可见他是挑剔的。美国方面
中国研究正在起步阶段，据 1957 年一项调查报告，全美国仅
有一百二十七个学生主修与中国有关的学科，除顶尖学府外都
没有开课。开课的分两派：一派研究中国古代文明，哈佛燕京
学社刚刚培养了数位这方面的人才，在中国长大的传教士子弟
战后亦纷纷回美，这批羽毛未丰看文言文尚成问题的年轻学者，
自然如胡信中说，"不免有点怕我们"。另一派以费正清为首的
研究近代中国，深感当前主要课题是要解释中国为何必然走上
共产主义之路，和胡自然有点"隔教"。

胡 1958 年当了"中央研究院"院长后安排赵访台湾，劝
赵定居帮他提升科学教育，赵夫妇住了几个月但没有留下。胡
1962 年逝世后，江冬秀靠人翻译和韦莲司保持通信，屡次寄绿
茶给韦莲司，多年后还向赵夫妇询问韦莲司的地址。赵夫妇一

直到韦莲司 1971 年逝世都和她有联络。

笔者与赵夫妇有一面之缘，他们的长女如兰在哈佛大学执教多年，是该校升为正教授的第二位女性。70 年代朗诺念完博士留校任教时，我们两夫妻常聚。忘了是哪一年赵夫妇从加州来了，赵先生话不多，总眯笑着眼看太太发表言论。最记得如兰的女儿在美国政府任职，赵太太戏称他们带大的孙女比父母亲都强，"做官了！"我们提起某教授再婚不知多少次，赵先生走出客厅半晌，回来说是四次，他的电话簿上全有记录，不愧是个有一份证据说一份话的人。赵太太已八十多岁，客人要走，她竟敏捷地跨过茶几送客。

胡适读书目的是要匡时济世，很年轻在上海便和朋友办报发表他对社会种种问题的看法，得朋友的赞助考取了公费留学，更让他增添使命感，觉得国家社会的命脉就在他们这些少数幸运儿身上。1949 年之后，对胡来说，去留是个让他挣扎良久的道义问题；赵则早就在中学已决意做世界公民了。胡偏于单线条推理，习惯据理力争，很少涉及文字无法概括的领域，这一点韦莲司上面的信中也点出来了；赵则乐于寻觅事物中各种看似不规则的现象背后的规律，所以从小喜欢看风筝，观察雷雨，研究各人乡音的异同，他做学问是带有品鉴性质的。凭赵的禀赋和科学训练，若没有从事语言学，必定在数学、物理、生物、音乐或天文方面大放光彩。

赵夫妇银婚胡写了下面这首诗庆贺：

蜜蜜甜甜二十年，人人都说好姻缘。

新娘欠我香香礼，记得还时要利钱！

"香香礼"指欧美婚礼后新娘子与客人亲脸，胡这小诗是相当调皮的。虽然错把二十五年写成二十年，赵夫妇仍很珍惜，把它收在《胡适给赵元任的信》（台北萌芽丛刊之八，1970）里。在他同辈的人中，胡适最怜爱的人大概是徐志摩，最钦佩的是眼界宽广办事力超强的丁文江，最羡慕的则是赵元任。

（原刊于《东方早报：上海书评》2009 年 12 月 13 日。有大同小异并具

脚注的版本发表于台北《传记文学》2010 年 1 月号和《胡适研究丛刊》

2009 年第四期）

编补：

此文谓赵如兰是哈佛升为正教授的第二位女性有误，请看《谜样的赵如兰和她的父母亲：赵元任与杨步伟》一文的"补正"。

犹太神学院院长与胡适

    我和周质平教授合作用英文撰写胡适与韦莲司的恋情出书后，收到纽约大学欧内斯特·戴维斯（Ernest Davis）教授的来邮，他的专业是电脑，但对我们的书特别有兴趣，说与胡适相晤是他外祖父路易·芬克勒思丁纳（Louis Finkelstein）一生最快乐的一天。

    芬克勒思丁纳（1895—1991）自 1918 年得哥伦比亚大学博士后，便在处于纽约市的犹太神学院执教，从 1940 年至 1972 年是该院的院长，著作斐然，是在美国的犹太教居于正统派（orthodox）和革新派（reform）之间的保守派（conservative）中很具影响力的思想家。

    下面这篇文章是一名叫 Hilde Lewis 的妇人 1986 年写的，戴维斯教授注入适当的日期，把它录在纪念他外祖的网站上。以下我把它译成中文：

路易·芬克勒思丁纳和胡适

我在大学读书的时候，住在犹太神学院院长芬克勒思丁纳教授家，替他打理家务兼照顾孩子。那天吃过晚饭，孩子门已经离开餐桌，我突然向芬克勒思丁纳教授问道："您平生最高兴的事是什么呢？"我正选修一门心理学课，引发我提这问题。

　　身材修长、气度俨然的芬克勒思丁纳教授留了一把黑胡子，眼神相当忧郁，他望着我一笑说："这问题我答得了，那是1941年的事，我们的跨宗教研究所要找人作隆重的讲演，我想到胡适，因我看过他的著作，知道他是一流学者，便致函到中国大使馆请求谒见，回函出奇地热请，让我对中国人办事的作风有点惊异。"

　　我乘火车到华盛顿后，搭计程车到大使馆，被请入大使的书房接见。他走进来是这样跟我打招呼的："芬克勒思丁纳教授，我听说我要担任大使时，心中最希望能见到的人就是你！请坐！请坐！"两人坐定，我四处望望，看书房布置得很典雅，到处是古董、画轴、精致的地毯，胡适则弯腰把小几子上的两部书提起，对我说："你告诉我来因之前，能否先在你写的法利赛人的著作上签个名，我将非常荣幸。"我惊讶得说不出话来，在这充满异国情调的屋子里，按法律说还是异国土地，居然有两部我1938年出版关于犹太法利赛人的书。我把书捧过来，发现都被细读翻旧了，并有不少眉批，激动得要写献词一时忘记他的名字是胡适。

大使把书接回说："让我告诉你我是怎样拥有这两本书的。几年前我在研究中国一个古老的部族，这部族没落分散了后备受人歧视，却仍数百年维持其独特的文化，我写信到美国国会图书馆，问世界历史上有没有相似的案例，他们推荐我看你的书。你瞧，果然从头到尾看了又看了。我到华盛顿后，一直想找机会和你见面，收到你的信，竟感到也许冥冥中有神灵安排。"

"你现在可明白为什么这是我平生最高兴的事了。我的书居然获得地球另一边一位如此学问渊博的人欣赏，实在让我太激动，太快乐了。况且，胡适的演讲果然很出色！"

胡适在《说儒》内推测"儒"本来是殷商遗民，像犹太人中的法利赛人，成为世袭专司礼仪的族裔。他1941年到犹太神学院讲演，就用这题目，此讲稿收入周质平编的《胡适未刊英文遗稿》内。胡适当时承认他的看法没获得林志钧、冯友兰和顾颉刚的接受，但一些老辈学者如陈垣、高梦旦、张元济，倒热心赞同这论说。胡适形容他写这篇文章时兴致很高，常一边写，一边独笑。无论如何，从芬克勒思丁纳的回忆中，我们可窥见胡适思想领域之辽阔，也间接感受到胡适的个人魅力，让这位犹太思想家，把他与胡适短暂的交流，视为他一生的高潮。

（原刊于《胡适研究通讯》2010年第4期）

胡适生命中争议最少的一段

—— 评江勇振的《舍我其谁：胡适——第一部　璞玉成璧，1891—
1917》

大概海外五十岁以上的华人知识分子多多少少都有些胡适
情结，虽没赶上可称他为"我的朋友胡适之"，至少认识些他朋
友的朋友。我在菲律宾上的华侨学校，《差不多先生传》和《不
朽》是必读的，师长谈及胡适敬慕之情溢于言表。我告诉白先
勇我正研究胡适，他顺口说："胡适有一次去看张爱玲，张爱玲
在纽约很落魄，住救世军办的女子宿舍，在空洞的大厅招待胡
适。送他出门时，赫贞江上吹过来的风很大，张爱玲望着他的
背影，哎，真有同是天涯沦落人那种感觉。"言下他亦颇受感
染。的确，胡适笔锋犀利，生活那么多彩多姿，人却那么可爱，
我们多少都和他认同。

我查看收入《张看》（皇冠，1975）的张爱玲忆胡适那篇
文，是这么写的：

　　同年（注：1955）十一月，我到纽约不久就去见适之先
生，跟一个锡兰朋友炎樱一同去……适之先生穿着长袍子。

他太太带点安徽口音……态度有点生涩。我想她也许有些地方永远是适之先生的学生，使我立刻想起读到的关于他们是旧式婚姻罕有的幸福的例子……炎樱去打听了来，对我说："喂，你那位胡博士不大有人知道，没有林语堂出名。"我屡次发现外国人不了解现代中国的时候，往往是因为不知道五四运动的影响。因为五四运动是对内的，对外只限于输入。我觉得不但我们这一代与上一代，就连大陆上的下一代，尽管反胡适的时候许多青年已经不知道在反些什么，我想只要有心理学家荣（Jung）所谓民族回忆这样东西，像"五四"这样的经验是忘不了的。无论湮没多久也还是在思想背景里……

跟适之先生谈，我确是如对神明。较具体的说，是像写东西的时候停下来望着窗外一片空白的天……有一天胡适先生来看我，请他到客厅去坐，里面黑洞洞的，足有个学校礼堂那么大……我也是第一次进去，看着只好无可奈何的笑。但是适之先生直赞这地方很好。我心里想，还是我们中国人有涵养……我送到大门外，在台阶上站着说话。天冷，风大，隔着条街从赫贞江上吹来。适之先生望着街口露出的一角空濛的灰色河面，河上有雾，不知道怎么笑眯眯的直是望着，看怔住了。他围巾裹得严严的，脖子缩在半旧的黑大衣里，厚实的肩背，头脸相当大，整个凝成一座古铜半身像。我忽然一阵凛然，想着：原来是真像人家说的那样。而我向来相信凡是偶像都有"粘土脚"，否则就站不住，不可信。我出来没穿大衣，里面暖气太热，只穿着件大挖领的夏衣，倒也一点都不冷，站久了只觉得风飕飕的。我也跟着向河上望过去微笑着，可是仿佛有一阵悲风，隔着十万八千里从时代的深处吹出来，吹得眼睛都睁不开。那是我最后一次看见适之先生。

胡适 1962 年在台北逝世，蒋介石的挽联誉他为"新文化中旧道德的楷模，旧伦理中新思想的师表"，似乎可以盖棺定论了，怎知重估胡适的工作在后头。胡适不愿做偶像，到处留了他"粘土脚"的脚印，让与他同有考据癖的后人有迹可寻，认识到他是个有血肉之躯极其复杂的人。

胡适逝世约五十年后才撰写胡适传，一点都不太迟，若早几年，就会错过了不少新"出土"的资料，而传记刚出版就会过时了！我居住的美国西岸小城购中文书不易，幸亏加大圣塔巴巴拉校区图书馆关于胡适的书相当齐全，因多年负责中文书籍的香港来的彭松达也是个胡适迷。

李敖现在是位"名嘴"，但他 1964 年成名之作《胡适评传》是本既严谨又生动的学术著作，主要采用胡适早已出版的留学日记，曾在《新月》上连载的《四十自述》，和胡适父亲胡传的《钝夫年谱》、《台湾日记与禀启》等遗稿。可惜写到胡适留学考试为止，便没下文了。

李敖当时没机会见到唐德刚 1957 年在美国十六次听胡适回

忆的英文稿。唐德刚1979年才把这英文稿译成中文，与他的《胡适杂忆》同时出版。胡适在台湾的秘书胡颂平1984年发表了《胡适之先生晚年谈话录》和十册的《胡适之先生年谱长编初稿》，都是极有参考价值的。这期间，台北的"中央研究院"胡适纪念馆刊印或重印了不少胡适文稿。

胡适仓促离北京时遗留的文件被寄存在北京大学图书馆里。国内1954年发起大规模的批判胡适运动，为方便编辑起见，大批胡适手稿被挪到中国科学院。胡适"开禁"后，社科院近代史研究所便开始有系统地整理胡适文稿。北京中华书局先后推出《胡适驻美大使期间来往电文选》（1978）、《胡适来往书信选》（1979—1980）等，又把胡适留在北京的1937年至1944年的日记连同他的留学日记刊出《胡适的日记》（1985）。

当时年轻学者沈卫威要写胡适传，在《尝试后集》看到曹佩声的名字，发现她就是胡适三嫂的妹妹曹诚英，曾和胡适相恋。于是访问尚健在的老人，包括胡适的远房表弟石原皋、乡友、邻居，以及曹佩声的挚友等，1988年发表了《胡适的婚外恋》一文；不久石原皋自己撰写《闲话胡适》，对胡适的家庭背景以及二三十年代的生活情况有所补充。

1990年台湾远流出版公司受胡适儿子祖望的委托和胡适纪念馆的授权，影印出版了他1921年至他去世时的日记。日记中清楚记载他1923年夏与曹诚英在杭州同居，其后藕断丝连，可见胡适生前不愿公开这件事，却不介意后人知道。

中国社科院的耿云志、后来在南京大学执教的沈卫威、北京大学的欧阳哲生，以及 1992 年在纽约成立的胡适研究国际学会会长李又宁等，都不断搜集关于胡适的资料，并鼓励他的故旧发表回忆文和关于胡适的书信。

耿云志编的影印《胡适遗稿及秘藏书信》共四十二卷，包括胡适 1919 至 1922 年的日程表和日记，于 1997 年面世，不但给研究中国文化史、思想史、学术史和政治史的学者提供了极大的方便，也令我们对胡适的印象改观。

普林斯顿大学的周质平收罗了分散各地的胡适英文文章和演讲稿，继 1995 年编出三大册的《胡适英文文存》后，2001 年又完成《胡适未刊英文遗稿》。他在台北胡适纪念馆发现了约两百件胡适致韦莲司的英文函件，估计韦莲司必定有相应的信寄给胡适，果然在北京社科院找到了。这些信件表明他们两人互相爱慕二十年后，终在 1933 年成为情侣，后来情缘虽断却维持着友谊，至他去世后韦莲司和江冬秀仍靠翻译书信往来。周质平 1998 年发表了《胡适与韦莲司：深情五十年》，又把一百七十五件胡适给韦莲司的信译成中文翌年出版。胡适在这些信中展现了他私底下另一面外，还吐露了不少对政治、学术，各方面不广为人知的看法。

2002 年《北京大学图书馆藏胡适未刊日记》出版，大家才知道胡适十四岁在上海澄衷学堂读书时已开始写日记。

安徽教育出版社 2003 年推出了冠季羡林之名为主编，约两千万字四十四卷的《胡适全集》（注：仍然不全）；接着台北联经把所有已知的胡适日记重新排版，连同索引于 2005 年面世。

现在电脑文字整理电子网络搜索的便捷，更有利于处理有关胡适生平浩如烟海的资料。

这些资料，像挖不完的矿山，随一条脉路挖掘到深处，往往发现和别的脉路是相通的，而却另又有矿石散落在矿山之外。譬如余英时准备为《胡适日记全集》写序，在日记中察觉他和后来成为杜威第二任夫人的罗维兹有一段情，2004年发表了《赫贞江上之相思》；周质平向南伊利诺伊州大学的杜威研究中心索取胡适致罗维兹的信，又问社科院的耿云志有没有罗维兹致胡适的信，皆大有斩获，没料到他们通信互称"小孩子"和"老头子"；我在《北京大学图书馆藏胡适未刊日记》上，亦找到封罗维兹致胡适的电报，寥寥数字，说"小孩子"非常思念"老头子"，胡适居然都保存下来了！我们翌年便发表了《多少贞江旧事：胡适与罗维兹 Roberta Lowitz 关系索隐》，仿佛看到胡适微笑着向我们眨了个眼，考据功力足够，才能看清楚他的"粘土脚"。

惊见偶像的"粘土脚"，失望之余，有些被骗似的怨怼，另也有点窃喜，因发现他同我们一样是凡人！

坊间已有不少胡适传，有些穿凿附会胡说八道。也有从某一个角度评论胡适的，如罗志田《再造文明的尝试：胡适传 (1891—1929)》很值一读。真正要全面重构胡适一生的事迹，相信需要如江勇振这样的学者，有旧学根底又明了西方思潮，对中美二十世纪上中叶的社会生态都相当熟悉，方能胜任。毕竟胡适一生约三分之一在美国度过，除孩提时代，所面对的问题大多和中西文化的碰撞有关。

2004 年在美国亚洲研究协会的季刊上，曾刊发江勇振一篇颇具挑衅性的文章，标题为《男性与自我的扮相：胡适的爱情、躯体与隐私观》。江勇振写这篇文章时也许已有替胡适作传的意图，如有的话，先探究胡适日记的可信度，看胡适夫子自道可不可靠，确是个好策略。此文原本 2001 年在台北名为"欲掩弥彰：探讨中国历史文化中的'私'与'情'"的研讨会上发表。江勇振当时认为胡适保存的日记与书信可视为他和男性友朋唱和的记录，这唱和团提供了胡适一个空间，容许他用片语只字，挑逗地透露一些隐私，嵌入公众领域。不知江勇振是否仍持此观点，他也说研究胡适困难之一，就是有被淹没的危险。诚然！诚然！现在看来胡适似不太怕后人知道他的隐私，倒要考考后进的挖掘功力和耐力；他存心要为那个时代留下个真实的记录，怜惜自己羽毛的心态并非没有，讳避的考虑之一可能是为保护他人的隐私权。

为胡适立传，最棘手的问题是如何处理胡适纠缠不清的情感问题。虽然，如胡适 1931 年对陈衡哲说："Love 只是人生一件事。"（陈衡哲驳道："这是因为你是男子。"）这些事却牵涉到胡适的人品，叙述他的生平更是回避不了的。看样子，江勇振《星星、月亮、太阳：胡适的情感世界》（新星出版社，2006），就是他交待胡适这方面的办法，《璞玉成璧》里有不少地方请读者参阅此书。

我以花了七年方把韦莲司的背景以及她和胡适的关系摸清

楚的资格说话：江勇振撰写《星星、月亮、太阳：胡适的情感世界》掌握并运用自如的资料，确实令人叹为观止！不可避免地，仍有漏网之鱼：如他说胡适 1946 年坐船回国发的信中，没有韦莲司的份；其实有的，相当长，而且结束语为 "With love, as ever"。书中有不少珍贵照片（有趣的是：处理文件极其小心的胡适，照片却一般没注人名和日期，遗留了一大堆我们现在很难辨认的照片。和当时很多人一样，他大概没意识到照片也是历史资料），标题为 "胡适在韦莲司高原路 333 号的房子前照" 的那一张——此栋房子尚在，绝不是那样子。还有些臆断略嫌证据不足，然近乎吹毛求疵了。

《璞玉成璧》最精彩处，是江勇振重构了时代背景（又称 "语境" 或 "脉络"）后，把某些细节勾画出来，衬托胡适属于异数或是有代表性的思想或举动。

江勇振指胡适起初在澄衷学堂的英文读本，是美国出版的 *Universal History*，开卷说上帝七日创造世界，而且白人至上的意识非常高，导致胡适在班上发起换书的要求；但他出国前已深受两本英文书的影响。一本也是澄衷学堂的课本 *The Citizen Reader*（《国民读本》），是英国让小学生了解该国政府制度的；另一本是美国的初中教科书 *The True Citizen: How to Become One*（《怎样成为真国民》），胡在《竞业旬报》发表的文章不少借用这两本书的内容。

江勇振叙述胡适和其他庚款留学生拖了辫子，浩浩荡荡地在旧金山上岸时，美国的排华风气方兴未艾，连孔祥熙和宋蔼龄都受过刁难，但此群天之骄子到处受到优越的接待。

江勇振说一般人认为胡适反宗教，他却有一年半的时间几乎成为基督徒，所以对《圣经》很熟，后来虽成无神论者，甚至在留学期间就说服一个美国天主教神父脱离神职，但这丝毫无损他的宗教情怀，也不妨碍他敬佩耶稣的伦理道德教训。同样地，他对儒教或儒家也经过了一段宗教上的探求，对孔子"知其不可为而为之"的精神终身崇敬。这是很少人注意到的。

江勇振还注意到胡适很多方面在当时中国学生中是个异类。大部分留美学生政治上是保守的，一直到 1912 年春才开始支持革命，仍看不起孙中山而支持袁世凯；胡适不但很早便支持革命，而且非常反袁，到处投书中英文报刊批判袁世凯。他少年时代相当仇外，但到美国不久即反对狭义的民族主义，有个时期甚至反对军备，认为"以暴制暴，暴何能以？"最终将导致战争，而后来终身秉持国际仲裁主义。他反对歧视犹太人，曾为维护黑人的权益挺身而出。他还赞成女子参政；对当时男士惯于讥讽的"博士派"的"老处女"，胡适在日记中说她们"未尝不可为良妻贤母耳"。

相比之下，在文艺方面，胡适则相当保守。他作的英文诗都是押韵的，不太喜欢英美"现代诗"；他涉猎西洋戏剧，独钟以文载道的"问题"剧；他的挚友韦莲司从事抽象画，他坦承不了解抽象艺术。

根据胡适在康奈尔和哥伦比亚大学选修的科目与他课内外的活动，江勇振断定他的博士论文《先秦哲学史》虽在杜威门下写，却是中西考证学融合的结晶，回国后过了几年，才开窍了解杜威实验主义的真谛，是具说服力的。

　　然而，该书费很多篇幅讨论胡适究竟师承哪一学派，进而臆断胡适为何过了十年才交博士论文。胡适的留学日记我读了数遍，印象是胡适并不在乎他属哪一学派，深知他美国求学的时间有限，急着向每个老师攫取他之所需，像个海绵似的不断吸收养料，何况老师们的观点，包括杜威在内，也在演变中。胡适1914年初日记上就说："今日吾国之急需，不在新奇之学说，高深之哲理，而在所以求学论事观物经国之术。"胡适1915年刚做研究生时便有文章在英国皇家亚洲学会的权威刊物发表，他可能和同时的陈寅恪一样，不太在乎学位，自信有真材实料便行；何况那时候回到中国，一个前清翰林大概比什么洋博士都值钱。

　　《璞玉成璧》是策划中五部胡适传的第一部，涵盖胡适生命中最单纯、争议最少的段落，却已像一块砖那么厚大，不算前言在内洋洋652页。他回国后牵涉的人事愈来愈广，愈来愈复杂，牵连的文献亦愈来愈多，令人担忧这工程何年何月才能完成。很高兴江勇振能用新的眼光审视胡适，替胡适研究带来新气象，可是写胡适传若存心要解构，则怕应了英语一句俗语："你手里握着铁锤，就到处看到钉子。"

站在读者的立场，我们读一本传记，主要想知道传主是怎样一个人，他经历了什么事情，环境如何造就或挫折他，他本身又有什么影响；作者的任务是有选择性地把传主一生的大事勾勒出来。此书可写得紧凑些：作者与其他学者抬杠，只有专家才感兴趣的争执，不妨放到脚注里；离题较远的论证亦可在脚注提议读者参阅某书。

　　胡适的传，凭江勇振的视野，渊博的学问，敏锐的观察力，若能站在前人的肩膀上把他能掌握的资料加以整合，已是传世之作。

（原刊于《东方早报：上海书评》2011 年 6 月 26 日）

罗素的婚姻观和胡适以及杜威

罗素、胡适与杜威和都是所谓的"公众知识分子",要探求放诸四海皆准的行为规则,多少有以身作则的抱负;因此他们的感情世界以及婚姻观,是值得我们关注的。他们的书信现在都公开了,我们发现他们私下交情匪浅,而且胡适与杜威对婚姻的态度似乎深受罗素的影响。

胡适 1921 年 6 月 30 日日记上有这么一段记载:

> 晚八时,我与丁在君为杜威一家、罗素先生与勃拉克女士饯行。罗素先生之前娶之夫人是一个很有学问的美国女子,罗素二十年前著 *The German Social Democracy* 时,于序中极夸许他,又附录他的一篇文章。现在罗素把他丢了,此次与勃拉克女士同出游,实行同居的生活。他的夫人在英国法庭起诉,请求离婚,上月已判决离异了。[1]

这个盛会除中英美三位当红哲学家外,还有地质学家丁文江、语言学家赵元任、清逊帝的英文老师庄士敦，以及勃拉克一位剑桥大学的女教授。当时胡适还不到三十岁，他的博士指导老师杜威已经六十二岁；罗素亦年近半百，情人勃拉克则二十七岁。

罗素出身于英国贵族，父母亲思想非常激进，是无神论者，据罗素晚年写的自传说，他父母发现长子的家庭教师有肺痨病，便劝他不要结婚，罗素的母亲自动陪他睡觉。罗素出生不久母亲、父亲与曾当首相的祖父相继死亡，罗素由祖母抚养。他在富丽堂皇的庄园中成长，有成群的仆人服侍他，却感非常孤独。二十二岁便不顾家人激烈反对，和一个比他大五岁的美国女子结婚，七年后有一天正骑脚踏车时，突然觉悟不再爱这妻子了，要跟她分居，让她伤心透顶。勃拉克是罗素第三位公开的情妇。20 世纪初英国部分贵族以敞开式的婚姻为傲，他头两位情妇是有夫之妇。他自传里披露他那时期还有一个秘密情妇，是芝加哥一位名医的女儿，瞒着她父母与罗素发生了关系，论及婚嫁；这女子以后到英国找他，罗素对她失去兴趣，这女孩竟然疯了。[2]

勃拉克来自一个相当保守的中产家庭，但也主张敞开式的婚姻。在中国到处鼓吹恋爱自由。她和罗素一样独立特行，不在乎当时在华的大英侨民，特别是传教士，对他们未婚同居投以谴责的眼光；罗素很诧异中国人竟那么开放，不介意他带了个如夫人来，大概不明了有权势的人三妻四妾，在中国自古便司空见惯。勃拉克怀了罗素的孩子，回英国后便和罗素结婚。[3]

勃拉克 1927 年出版《快乐的权利》一书，罗素 1929 出版《婚姻与道德》，各自阐明他们的恋爱与婚姻观。[4] 勃拉克强调寻求欢乐是人的本性，被异性吸引是自然的，性压抑造成各种暴力倾向；她呼吁读者从基督教的禁欲教条解放出来。罗素则从社会进化观点出发，说原始部落不明白性交和婴儿的关联，因此有母系社会。明白后，保护和赡养孩子的责任便落在个别父亲的身上；为确保孩子是同一个父亲的，严厉要求女人守节。现在节育方法通行了，各国政府已经以军警制度接管保护孩子的责任，可望也逐渐接管抚养孩子的责任，让女人得以性解放。他认为爱情应该是轻松无拘束的，若强求性爱只限在婚姻内发生简直不人道，而年轻人性经验愈多愈好；婚姻这制度只为确保孩子得以养育，因此夫妇对婚外情应互相谅解。

胡适 1921 年饯行宴后写的日记显然对罗素的婚姻态度不满，认为罗素做人不负责任。他也提倡"自由恋爱"，但他当时提倡的"自由恋爱"是婚姻自主而已。胡适在这方面本来相当保守。他十多岁未出国前在《竞业旬报》写了"婚姻篇"主张婚姻仍由父母作主，因父母毕竟阅世较深，但劝天下父母郑重其事，最好和儿女斟酌。他在美国曾演讲为中国的婚制辩护，说在这种制度下，女子不必在择偶市场求炫卖，而婚后夫妻皆知有相爱的义务，为实际的需要往往发展为真正的爱情。他虽然爱慕美国女友韦莲司但没向她示爱，仅限于在日记上写情诗；而且向母亲担保一定要回国跟从没谋面的未婚妻完婚，说："儿若别娶，于法律上为罪人，于社会上为败类。"他 1917 年婚后虽对江冬秀不十分满意，写信给胡近仁说："吾之就此婚事，全为吾母起见。今既婚矣，吾力求迁就。"但仍对江冬秀相当体贴，并坚持江冬秀到北京和他住在一起。写给韦莲司和她母亲的信上，说他六年后将休假一年，准备带妻子到美国拜访他们。[5]

胡适这时期对女子与婚姻的看法，可在数篇文章内看得很清楚：《易卜生主义》（1918）提倡女子有自己的思想和人格。《美国的妇女》（1918）称道美国妇女有"超于良妻贤母的人生观"。《终身大事》（1919）是个闹笑的短剧：田女士和陈先生恋爱多年，母亲说他们两人八字相克，父亲则说田陈两千五百年前是一家，不准他们结婚，结果女儿同意男友"此事只关系我们两人"，跟他走了。《论女子为强暴所污》（1920）答复读者问女子曾被土匪奸污是否应当自杀？胡适说这女子的生理损失正如手指头被毒蛇咬了一口，若有人敢打破"处女迷信"娶她，应受人敬重。[6]

此间也可看出胡适的观点逐渐转移：他1918年写《贞操问题》时，抨击替未婚夫守节和殉烈的风俗，说其实丈夫对妻子也应有贞操的态度，如男子嫖妓纳妾，社会上应该用对待妇女不贞的态度对待他；社会既不惩男子不守贞操，便不该提倡女子守贞操。到了1919年写《论贞操问题——答蓝志先》时，则强调夫妇的关系若没有一种真挚的异性爱，那么共同生活便成痛苦，名份观念变成虚伪的招牌，不如离婚。[7]

胡适1921年后不再发表任何对婚姻的言论，他对婚姻态度的急剧转变，主要表现在他的私生活上，这一点在他去世二十多年后，日记与书信在中国大陆和台湾陆续出版，才公诸于世。

根据这些书信和日记，我们知道胡适1923年和他三嫂的妹妹曹诚英发生婚外情：曹诚英婚后三年不育，夫家要为其夫纳妾，两人离婚，胡适由怜惜生爱不能自拔。他1927年到了美国向韦莲司示爱，让她感到突兀，1933两人终于成为情人；接着他和后来成为杜威第二任夫人的罗维兹发生关系，后来又曾在纽约与照顾他的护士同居。[8]

胡适和曹诚英1923年在烟霞洞同居，徐志摩是很清楚，曾一起泛舟游西湖，曹诚英还借了别人的房子主厨请吃徽州菜。从徐志摩致胡适的信，我们看到他次年为胡适到杭州找曹诚英，这几个月间胡适频频和曹诚英通信，情绪非常恶劣，还与她的前夫在天津相会，看来她怀了孕堕胎的传说是准确的。不久徐志摩爱上陆小曼，本要请胡适证婚，胡适被罗素推荐参加英国庚款委员会到英国开会，才改为梁启超证婚。徐志摩与陆小曼婚后不和，对胡适心理打击很大，他1928年日记上说"志摩殊可怜"。[9]徐志摩1931年飞机失事死亡后，胡适作了一篇沉痛的《追忆志摩》替他离婚辩护，说他有勇气追求理想。[10]

胡适对婚姻的态度为何转变相信他自己也说不清。他母亲1918年去世少了一层束缚也许是个因素。胡适原本要江冬秀在到北京多受教育，怎知她对读书根本没兴趣，两人除家庭琐事外没有共同语言，是让胡适相当失望的。不久胡适留美好友赵元任回国花了两千元"教育费"便解除了长辈替他办的婚约，和他心仪的女子结婚，必定让胡适羡慕不已。[11]胡适是不要儿子的，长子祖望1919年出生时作了首诗说："我实在不要儿子，儿子自己来了"；[12] 胡颂平在《胡适先生晚年谈话录》里披露胡适说祖望出生后，江冬秀堕过胎，危及性命；[13] 但女儿、次子 1920 年、1921 年接踵而来，可见喜爱孩子的江冬秀避孕不力，有这种顾虑，很难想像他们夫妇能再享受闺房之乐。然而，说不定胡适亦受了罗素和勃拉克的影响，他对罗素抛弃发妻和年轻女友同居虽有微词，但以后仍互通音讯，他们那种说之成理毫无禁忌的"自由恋爱"，对男人无疑有特别难以抗拒的吸引力。

讽刺的是，罗素和勃拉克相继出书鼓吹理性婚姻后，自己的婚姻没几年便瓦解了。他们生了一个儿子和一个女儿，各有无数的情人，也不断互相打翻醋瓶子。罗素因无法忍受勃拉克跟另一个男人生了两个孩子提出离婚，随即与更年轻更漂亮的第三任太太结婚。婚后彼此又频频有外遇，终闹得不可开交，这太太出走索取了庞大的赡养费，还从此阻止他们生的儿子与罗素接触，罗素到临终几年才有机会再见到次子。以后罗素的长子与大媳妇仍实行敞开的婚姻，结果媳妇出走儿子发疯。他写自传时承认他早年对婚姻的看法显然不能成立，他对婚姻已经无任何定论。[14]

罗素以九十八岁高寿于 1970 年逝世几年后，女儿出了本书叫《我的父亲罗素》，叙述她恐惶无措的成长过程，母亲离婚后怎样怨怼无助。她重读父亲关于婚姻以及追求快乐的书，认为罗素虽标榜理性，却充满乌托邦式的理想。她说这也许是无可奈何的，她父亲一生追求完美，包括要和最完美的女人有最完美的关系。有人曾问她父亲抛弃那么多女子是否有点缺德。罗素振振有辞答道："什么话？她们也可另找别的男人呀！"但她仍很敬仰她的父亲，尤其佩服他为原则坚持奋斗的勇气。[15]

罗素第一任太太是贵格（Quakers 也叫 Friends），他八十岁时又跟另一位美国贵格结婚，自诩这最后的婚姻是最美满的。[16] 贵格是基督教新教比较极端的派系，认为任何宗教仪式都不需要，各人心中自有灵光，人人有义务而且有权利依照自己心中的灵光行事，才对得起自己对得起神，谁也不必勉强谁。因此贵格聚会没有牧师讲道，有什么人受感动即可说话。贵格很早便反奴隶制度，主张男女平等，一向反战，崇尚俭朴的生活。罗素第一和最后的太太都是贵格教会办的布林茅尔学院毕业；且后者在该校执教多年；她的挚友康纳里，该校的文学教授，可能是惟一和罗素维持纯真友谊的女人，鱼雁往来超越半世纪。[17] 罗素被这些女子吸引，相信与她们平和简朴的贵格气质有关，贵格主张依照自己的灵光行事，更是中了罗素的胃口；然而他不能忍受第一任太太严于律己的一面。

平心而论，罗素早年的婚姻观的确有不少缺点：人无论如何开通，总不免有私心，对婚姻注入那么大的"投资"，很难舍得和他人共享；何况恋爱中向对方暴露了自己最脆弱最隐私的一面，肯让第三者插入吗？罗素对自己的嫉妒心非常困惑，一直不解。再者，要实施敞开的婚姻制，最好男女双方有同等的经济能力，不必伤感情地处处考虑到钱，而且各方明白是怎样一回事，才不会造成悲剧。大英帝国鼎盛期贵族具备这些条件，是比较特殊的，罗素对自己特殊的身份浑然不觉，算是他天真可爱之处吧！婚姻若不设立明晰的规则，女方终吃亏，尤其在男女不平等的社会里，青春美貌是女人唯一的筹码，上了年纪便没了。传统伦理对妻子做母亲的女人多少有点保障，因而中国旧社会里，女人拼死也要争个名份，有了名份生活和地位才有些保障。怎样让孩子不受创伤又是另一个问题。

比起罗素，胡适对他身边的众女子算是有情有义的。胡适后来帮曹诚英到康奈尔读农业硕士；他其他的情妇都是阅世颇深，与他旗鼓相当，有自主能力的女子，而罗维兹和护士都是女方主动，没有酿成悲剧，只是自家孩子受冷落了。胡适从来没有推诿抚养江冬秀的责任，总想办法让她过得舒服点，旧式婚姻如此大概也算得过了。

杜威本来是个循规蹈矩的老实人。1917年妻子在欧洲时，有个波兰犹太女作家到他办公室请他帮忙谋求职位，两人相爱，杜威写了些情诗，但终于悬崖勒马，后来把情诗要回，扔到废纸篓却被一位学生捡回，杜威逝世后才发表。他把诗要回来也太迟了，因这作家已经抄录了数首，把杜威写到她的小说里，不过在他生前没有把事情说穿。有一首题为"两星期"的诗是这样写的：[18]

是财富或产物束缚了我吗？不，
你并没猜对

是随我成长逐渐饱满的系带

拥住我。

这与胡适1917年的诗句，"情愿不自由，也是自由了。"以及1936年写给徐芳的《无心肝的月亮》里"孩子，你要可怜他，——/可怜他跳不出他的轨道。"有异曲同工之妙。[19]

罗素在北京时大病一场，英国侨民都不理他，杜威到医院陪他，还安排勃拉克到他家住。1940年罗素带了第三任太太和自己两个孩子到美国，要在纽约市立大学讲学。保守人士抨击他十年前写了本伤风害俗的《婚姻与道德》，聘书撤销了，别的学校也不敢请他。当时欧战已爆发，罗素回不了英国，杜威不但挺身为他力辩，又说服他一位富有的朋友以重金聘罗素为他基金会的顾问，罗素一家才不致断炊。[20]

有趣的是杜威似乎也受了罗素的婚姻观影响，至少在行动上对婚姻采取了和罗素相似的态度。杜威的妻子1927去世约十年后，又有个女子到他办公室请他帮忙谋求职位，就是罗维兹。杜威1937年起便常和她一起度假，不在乎她有个未婚夫在非州做事，罗维兹和胡适相好，杜威似乎知道也不在乎。罗维兹婚后不久丈夫便逝世，杜威和她重续前缘，1946年她要领养两个加拿大孤儿，终于说服了八十七岁的杜威和她结婚。[21]

《胡适先生晚年谈话录》记载胡适1961年在医院养病时，和胡颂平谈起学者的寿命，提及活到九十二岁的杜威，胡适相当羡慕地说："杜威先生第一次的太太是患神经分裂病，躺在床

徐新六的儿子徐大春、胡适的护士与情人 Virginia Davis Hartman、胡适、儿子胡祖
望，1941 年摄于华府中国大使馆。中国社会科学院近代史研究所藏，
胡适纪念馆授权使用

罗维兹与杜威，1939 摄于佛罗里达州。此时罗维兹已和一位在非洲工作的工程师订
了婚，同时又和胡适发生关系。她后来向替杜威作传的学者宣称她前夫 1941 年去世
后才和父母的友人杜威联络上的。南伊利诺伊州大学杜威中心藏
Courtesy of The Center for Dewey Studies at Southern Illinois University, Carbondale,
Illinois

上医了几年才死的。第二次结婚，是他的一位朋友的女儿，年纪轻，也很有钱。这位太太招呼好；夏天，陪他到凉爽的地方去避暑；冬天，陪他到暖和的地方去过冬。"[22]

罗维兹招呼杜威也许的确好，但胡适不知道她和杜威结婚后，便把他和前妻的儿女及比较亲近的朋友隔离起来；杜威过世那天，她呼唤医生来宣布他死亡后，即把遗体搬到车上自己开车运去火化，不让任何人有置喙的余地。遗嘱宣读时，前妻的儿女发现他们本来要承袭的财产全归罗维兹，说是杜威四个月前立的遗书而且仅是副本，为不愿有损杜威名誉才决定不起诉。罗维兹撒谎成性，告诉人她小时曾在中国住过，说第一任丈夫死后才和父母的朋友杜威联络上，又说领养的孩子是比利时的战争孤儿。替杜威立传的学者都照单全收了，直到近年来杜威的书信遗稿可电子查阅，方才真相大白。[23]

胡适晚年居纽约时，唐德刚常到他的寓所，在《胡适杂忆》里说看不出他们老夫老妻有任何不调和或不寻常之处，断言胡适是位胆小君子，对他的婚姻想出一套足以自慰的哲学，因此能与江冬秀这小脚村姑恩爱地过一辈子，称他为中国传统的农业社会里，"三从四德"的婚姻制度中，最后一位"福人"。[24]现在看来，胡适对妻子不忠，可却从来不必担心江冬秀有外遇，说他是位"福人"一点不错！

（原刊于台北《传记文学》2011 年 9 月号；《东方早报：上海书评》2011

年 12 月 3 日版没有脚注）

注释：

[1] 《胡适日记全集》（台北：联经出版公司，2004）3:152。

[2] Bertrand Russell, *Autobiography*, 原版分三卷，1967，1968，1969 年分别由 George Allen & Unwin 在伦敦出版。参看 Routledge 2000 平装合订本，10-15，72，76-81，150，211-215，221-222，248-250。

[3] 同上，327，332，341-342，358，361，363-364。

[4] Dora Russell, *The Right to be Happy* (New York and London: Harper & Brothers, 1927). Bertrand Russell, *Marriage and Morals* (London: George Allen & Unwin, 1929).

[5] Susan Chan Egan and Chih-p'ing Chou, *A Pragmatist and His Free Spirit: The Half-Century Romance of Hu Shi & Edith Clifford Williams* (Hong Kong: The Chinese University Press, 2009), 58, 83-84, 106, 113-114, 116-118, 122-124.

[6] 《胡适文存》（原版为上海：亚东图书馆，1921），参看台北：远东图书公司，1953 年版 1:629-647，1:648-664，1:685-686，1:813-827。

[7] 同上，1:665-675，1:676-684。

[8] *A Pragmatist and His Free Spirit*, 147-166, 200-210, 227-248, 291-293, 341-354.

[9] 《胡适日记全集》，4:208-211，4:128-137，4:228-234，4:247-248，4:256-257，4:262-264，5:168。《胡适书信集》（北京：北京大学出版社，1996），1:377-378；韩石山编《徐志摩书信集》（天津：天津人民出版社，2006），224。*Autobiography*, 366。

[10] 《胡适文集》（北京：人民文学出版社，1998），2:505-513。

[11] 赵元任《从家乡到美国：赵元任早年回忆》（上海：学林出版社，1997），89，163。

[12] 胡适《尝试集》（原版为上海：亚东图书馆，1920），见台北：远流出版社，1956 版，117-118。

[13] 胡颂平《胡适先生晚年谈话录》（台北：联经，1984），24-25。

[14] *Autobiography*, 391, 429-432, 562. Nicholas Griffin ed., *The Selected Letters of Bertrand Russell: The Public Years, 1914-1970* (London and New York: Routledge, 2001) 294-330, 431-437, 456, 471, 502-504, 623-624.

[15] Katherine Tait, *My Father Bertrand Russell* (New York and London: Harcourt Brace Jovanovich 1975).

[16] *Autobiography*, 557-559.

[17] *Autobiography*, 538, 557, 167-190, 285-285, 528-534; *Selected Letters*, 445.

[18] 参看 Jay Martin, *The Education of John Dewey* (New York: Columbia University Press, 2002) 287-293。Mary V. Dearborn, *Love in the Promised Land: The Story of Anzia Yezierska and John Dewey* (New York: The Free Press, 1988).

[19]《胡适文集》1:181，1:402-403，见耿云志《恋情与理性—读徐芳给胡适的信》（《近代中国》147 期，128-157）。

[20] *Autobiography*, 359, 461-463, 477-478. *Selected Letters*, 376-378. *The Education of John Dewey*, 442-449.

[21] *A Pragmatist and His Free Spirit*, 291-293.

[22]《胡适先生晚年谈话录》（台北：联经出版公司，1984）256。

[23] *A Pragmatist and His Free Spirit*, 293, 485-486.

[24] 唐德刚《胡适杂忆》（台北：传记文学出版社，1979），287。

洪业怎样写杜甫

今年是杜甫诞生一千三百年，上海古籍出版社去年年尾隆重推出《杜甫：中国最伟大的诗人》的中译本，原著是哈佛大学 1952 年出版的，作者洪业。今年 6 月 2 日的《上海书评》刊登了陈引驰的评介文章《杜甫传，就是一部"诗传"》。我不懂诗词，更不是史学家，这里仅对洪业作此书的来龙去脉做点交待，并谈些读后感。

说来惭愧，我上世纪八十年代写《洪业传》（哈佛大学，1987；台北联经，1992；北京大学，1995；商务印书馆，2013）的时候，洪业的学术论文我都囫囵吞枣地翻了一遍，惟独他用英文写的《杜甫：中国最伟大的诗人》没读，只投机取巧地看了他送我的薄薄一本《我怎样写杜甫》（香港南天书局，1968）以及收在《洪业论学集》（中华书局，1981）的《杜诗引得序》与《再说杜甫》。

此书是洪业唯一的学术专著，在洪业生命中占很大的分量，我在《洪业传》中硬着头皮作了些评论。当时为免闹笑话，曾请替此书写书评的德高望重的杨联陞先生过目，杨先生没有异议。洪业曾写过一首诗讥笑郭沫若，因郭沫若在《李白与杜甫》（人民文学出版社，1971）中说杜甫拒绝做河西卫是不愿去穷乡僻壤，挑肥拣瘦，洪业说郭沫若把地理搞错了，其实杜甫时代河西县离京兆只五十公里。洪业臆想杜甫推辞的原因是该职位主要任务是杖打犯人。诗的头两句说：

少陵不作河西卫，总为凄凉恶榜笞。
何把近畿移远地，遽挥刀笔肆诛夷。

杨先生对我含笑补充了一点，说依唐朝规矩，河西卫本身也会受杖。

原著为何让我望而生畏呢？主要是洪业引了大量中文资料，而这些人名地名书名用英文字母音译，我翻了数页便如堕入迷魂阵，没法读下去。这本书不是没有汉字对照表，但美国学术书一直到上世纪70年代才有汉字。洪业想了个法子，把一千多个中文名词排列成个表格，缩印成两页附录在第二册书后。这些蝇头小字非但难看得清，而且用起来非常不方便。

对英语读者来说，阅读关于中国的文章最大的障碍就是难把人名弄清楚。我们怎么记得人名呢？主要靠各种联想。看到金圣叹这名字，马上就想起其他姓金的，同时觉得这名字好玩，叹息这种口腔动作怎么跟圣贤攀上关系？如果曾听说金圣叹是大学者，又死得那么壮烈，敬爱之心必油然而生；若读过他的诗文，更会感觉像遇到老朋友一样，数页后再见这名字，必定知道是指同一个人。同样的，在英文书上读到 John Stuart Mill 这样的名字也会引发一连串联想。首先知道他大概是英国或美国人，取名耶稣十二个门徒之一的约翰，如是法国人会叫 Jean，德国人会叫 Johann，北欧叫 Jan，南欧或拉丁美洲叫 Juan。因 mill 是磨坊的意思，就揣测他祖先做这种生意；若曾听说他是自由派的哲学家和政治家，对他就会肃然起敬或顿然心有戒备。可是金圣叹译成 Chin Sheng-t'an 或 Jin Shengtan 就成了三个没意义的音节，面目模糊，不知高矮肥瘦，连男女都不可分辨。要是遇上一大堆四音不分用罗马字拼成的陌生中文名字，则容易赵钱孙李、张陈曾程都搅在一起，除非记性过人或原本对这些人物熟悉的读者，才看得懂。本人才疏学陋，唐代文学历史更是外行，看糊涂就不足为奇了。

不料洪先生作此书过了一甲子后，隔代遇知音。曾祥波 2008 年访问威斯康辛大学，观览汉学著作时发现此书，立意把它译为中文，我才有能力卒读，颇有相见恨晚之叹。

洪业创办的哈佛燕京学社引得编纂处出版了一系列参考书，把中国最重要的经书史籍有系统地用现代眼光重新估评，加了标点符号重新校刊，并编引得（索引），是 20 世纪上半叶学术界很重要的里程碑。这系列中唯一纯文艺的作品是《杜诗引得》，而且是每字都有索引的"堪靠灯"（concordance），这当然和洪业自己的爱好有关。

洪业十四岁时，父亲送他一本《杜诗镜铨》，说不但杜甫如何作诗可学，杜甫如何做人也可学。于是他把杜甫一千四百多首诗和三十多篇文逐句读完，但觉得难懂，不如李白、白居易有趣。他父亲就告诉他："读杜诗好像吃橄榄，时间愈长愈好，愈咀嚼愈有味。"洪业以后对人世的酸甜苦辣尝多了，对杜诗有了新的领会，便渐渐收罗杜集，发现有不少版本的问题、杜诗编排先后的问题和注释的问题。《杜诗引得》的长序是洪业自己写的，解决了许多这种问题。

杜甫的诗句终身伴随着洪业。1942年当他与邓之诚、张东荪、陆志韦、赵紫宸等燕京教授被日军关入监牢四个多月时，日夜萦绕在他心头的是安禄山之乱时杜甫那些断肠语，如"国破山河在，城春草木深"、"泱泱泥污人，狺狺国多狗"、"不眠忧战伐，无力正乾坤"、"谁能叫帝阍，胡行速如鬼"。有一次他在洗澡池旁与邓之诚相逢，邓问他有何感想，他慨然道："今朝汉社稷，新数中兴年。"

洪业情绪激动时，杜甫的诗句往往脱口而出。他晚年致力于《史通》，要把每句的来历都找出来，以确定刘知幾用了哪些书。我有一次问他进度如何，他说快好了，完成后就不做学问专心作诗，说："作诗像生孩子一样，还没生出来很痛苦，一生出来就很痛快。杜甫有句'新诗改罢自长吟'，我就喜欢这样。"1979年，中国社会科学院的王仲殊及徐苹芳到哈佛讲汉代出土文物，他们是中国改革开放后差不多最早出国的学者。当时外子朗诺在哈佛执教，有数场讲演当翻译，我们请他们两位以及洪业吃晚饭。徐苹芳恰好带了洪业学生翁独健的信给他，洪业高兴极了，亲自下我们厨房做了一道他拿手的豆豉炒龙虾，又迫不及待地问某某人、某某人在"四人帮"时怎么样。两位远客或说自杀了，或说打入牛棚，或说还好没受干扰；但所问的人差不多都过世了。洪业叹说："杜甫有句诗说'访旧半为鬼'，我现在是'相知多为鬼'。"他翌年八十七岁也去世了。

像我这样对中国文史有点根基的人还是看不下去，那么洪业这本英文书究竟写给谁看呢？我猜他此书本来是要用中文写的。

洪业在的"引论"里说他心目中的读者是非汉学专家的普通学者，说汉学家自然要从中文入手欣赏杜甫。不过他提出些新假说，有些汉学家也许会感兴趣，于是作了些注释放在第二册。然而，他在书前短短的"自叙"中，却有点抱怨完稿两年后才迟迟获得刊印，言下表示哈佛出版社本来怕普通学者看不懂，不太愿出此书，于是哈佛主持东亚教学的俄人叶理绥建议他把书分成两卷，第一本专讲杜甫的生平和著作，冗长的注释及其他枝枝叶叶全放在第二册，另行销售。"注释"分开销售的书可真罕有。

洪业写这本书的动机是非常复杂的。照"自叙"说，起因是他1947至1948年在哈佛和耶鲁大学讲杜甫时，听者鼓励他写本书介绍这位中国诗人。如果洪业的动机仅仅为增进西方人对中国文化的了解，大可写一本很通俗的书。他年轻时在哥伦比亚大学修完硕士后，曾数年以演讲为业，对象是美国普罗大

1927 年洪业全家摄于北京

前排为洪业（中）和来访的中国社科院考古学家徐萍芳（前排左）与王仲殊（右），后排为蒙古学家柯立夫与笔者丈夫艾朗诺，1979 年于麻州剑桥艾家

右起：张立青（梅维恒 [Victor Mair] 夫人）、何谦、叶嘉莹、艾朗诺、洪业、齐文颖（洪业先生学生齐思和的女儿）、笔者女儿、李卉（张光直夫人）、周杉、Beatrice Spade、朱虹。洪业去世四个月前，1980 年 7 月摄于麻州剑桥艾家

众，异常成功。当时司徒雷登在北京海淀刚买了一块地，要为燕大建新校舍，正看中洪业轻易和各方人士沟通的能力，请他帮燕大在美国募款。我猜他写此书，有几成是希望在美国奠定他的学术地位，希望能在美国大学找到份工作。

可是上世纪 50 年代初美国几乎没有汉学可言，除了些归国传教士子弟和哈佛燕京学社培养的几位年轻学人外，几乎没人对中国文化有较深的了解。何况当时白人种族成见仍深，研究中国文化而能在美国大学立足的华人，大概只数赵元任和杨联陞。（我印象中连杨联陞在哈佛都有人微言轻之感，也许只有赵元任在加州大学觉得惬意。）洪业虽对创办哈佛燕京学社有功，又在欧洲汉学界颇有声誉，但没有博士学位，不久也知难而退，用退休金在哈佛附近买了栋房子，靠收房租和社会福利金过日子。

洪业开始写此书时可能针对美国普通学者，但开了头便情不自禁，半个世纪研究杜甫的心得倾盘而出。他对我说他"火候"够了，因他：第一，得利于钱谦益等前人的努力；第二，掌握了引得图表等工具；第三，参阅过西方学者的翻译讨论，这些外国学人虽因语言隔阂常犯可笑的错误，但因不受中国传统思想的拘束，常有新的启发。

《杜甫：中国最伟大的诗人》原著虽普通人没法卒读，但至今仍被欧美及日本研究杜甫的学者奉为圭臬。

正如洪业在"引论"说的，中国诗词和西方诗歌相比，最显著的特点是其篇幅短，代词和连接词总被省略，一两个词常代表一个典故，而典故后面是复杂的思考，像电报；我们若对诗人的处境和心情不了解就很难把诗看懂。偏偏杜甫生前不显达，他死后四十多年，沦为乞丐的孙子才把他的棺材运回家乡，请元稹写的墓志铭很简略且有错误。《旧唐书》说杜甫有集六十卷，杜甫死后二百七十年王洙为他校编全集的时候，只剩二十卷了。因此要了解杜甫的生平，只得按有限的文献和现存杜诗的内容，七拼八凑地重构。杜甫死后约三百年，知苏州的王琪因公库短缺，将家藏的《杜集》镂版印一万本全部卖光，可见北宋末杜诗已很受欢迎。后来竟出现不少伪杜诗，还有假托苏东坡做的伪杜诗注释，掺杂在各种杜集里，到清代才被钱谦益、仇兆鳌、蒲起龙等考证家纠正。洪先生掌握了唐代历史地理经济政治的资料，大半生研读杜甫而素有考据癖的他，替我们爬梳了杜甫一生的事迹，为解读杜诗提供了无数可贵的线索。

我们都知道，杜甫是个极富同情心的人。他写新安吏捉人充军，"肥男有母送，瘦男独伶俜"；夏天乘凉，则叨念当兵的连洗澡都成问题，"念彼荷戈士，穷年守边疆。何由一洗濯，执热互相望"；是否能生还更难说了，"君不见，青海头，古来白骨无人收"。他写夔州负荆卖薪的女人，"筋力登危集市门，死生射利兼盐井"，也写被丈夫遗弃的佳人，"但见新人笑，那闻旧人哭"；自己的茅屋被秋风吹破，便想"安得广厦千万间，大庇天下寒士俱欢颜"。我们印象中的杜甫自己也很可怜，老带着穷酸味，"朝扣富儿门，暮随肥马尘。残杯与冷炙，到处潜悲辛。"然而洪业提出很有说服力的证据，说杜甫年轻时家庭很富裕，足足有能力让他衣轻裘策肥马到处观光和射猎。他虽没通过进士考试——可能因文章作得太晦涩——但父亲死了，他大可靠荫补方式做官，他却把特权让给了同父异母的弟弟。

洪业实在太喜欢杜甫了，我在《洪业传》中说他可能潜意识里把杜甫和自己心爱的父亲混为一体。因为喜欢杜甫，所以特别能领会杜甫的诗文。也因为他喜欢杜甫，总为杜甫设身处地着想，失去了一份作传人应与传主间保持的距离，汉学家一向认为这是《杜甫：中国最伟大的诗人》的瑕疵。

把莎士比亚、塞缪尔·约翰逊和马克·吐温的语言，转换为司马迁、顾炎武和鲁迅的语言，殊为不易。这是部巨大的工程。曾祥波把书中旁征博引浩瀚的材料，全追根溯源，让中国的人名官衔地名书名恢复原貌，有些洪业一笔带过的诗句则斟酌直接引述以便利读者；他又把原著第二册解释洪业创见的内容当脚注，而且以"译者按"的方式替读者解释一些西方资料。译者显然是位学问渊博对杜甫研究涉猎很深的学者，不然绝不能胜任。

译得很好，时有神来之笔，达到读来不觉得在看翻译文字的地步。只有几处不甚恰当，集中在前面的"引论"。如第8页interpretive guidance 译为"就引言凡例论"，应是"帮助读者解读诗文方面"。洪业在"引论"里（套他在《我怎样写杜甫》的话说）打洋鬼，译者对他的所指有时也许不甚清楚，比较容易犯错，但往往只是语气轻重之别，无大碍。

译本附录了洪业 1940 年的《杜诗引得序》, 1962 年原在《南洋商报》登载的《我怎样写杜甫》；1974 年《清华学报》刊登的《再说杜甫》, 可谓囊括了洪业毕生研究杜甫的精华。

我提议普通读者由浅入深。先翻翻附录三白话写的《我怎样写杜甫》和附录四《再说杜甫》, 了解洪业研究杜甫的经过以及他遇到的难题；再看书后曾祥波的"代译后记"和"补记", 知道译者对此书的态度以及现在看来洪业一些看法的不妥之处。方向搞定了, 跳到第一章读起。这不是本可匆忙看完的书, 而是放在枕边闲来拿起像嚼橄榄地读几段的书, 或放在案头参考的书。

至于洪业打洋鬼的"引论"与他打汉鬼的附录二《杜诗引得序》, 则可留给专家看, 后者主要讨论各种版本。洪业做引得时只见到元代的残本, 听说有北宋王琪的孤本尚在, 但没看到。他虽对钱谦益的学问非常钦佩, 但《序》里举了十个原因质疑钱谦益持有南宋"吴若本"。1957 年商务印书馆的《宋本杜工部集》出来了, 是北宋王琪和南宋"吴若本"有刻的也有抄的残本, 合起来配补而影印的。九十一岁的张元济作了篇长跋, 内说："近人之疑吴若本为乌有, 而深讥虞山之作伪者, 观此亦可冰释。"洪业在《我怎样写杜甫》里说："高年劭德不忍明斥晚后, 尤可感激。"他修改了先前一些看法, 但仍觉得不老实的钱谦益有篡改之嫌。我们享受洪先生悉心做的"足够火候"的盛宴, 没有必要一定到厨房观察, 不是吗？

可惜中译本读者没法享受洪先生对个别杜诗的解读。中译本中杜诗自然用原文，但洪业英译时把杜甫省略的代词和连接词都补上了，又解释了诗里的典故或没有言明的内涵，这样一来，固然牺牲了原诗的韵味，却把意思说明白了。读者有机会有兴趣的话不妨把原著和中译本对照着看。中译本在每页的栏边空白处标明原著的页数，方便读者对照。对照着看另有个好处，许多中国古名称，译成现代英文反而更清楚，譬如黄粱是小米，吐蕃部落是藏人，交河是今天地图上的吐鲁番，司功参军是管一州教育的。各种植物和官职，我看了英译才恍然大悟。

洪业的父亲在山东做县令时，常和朋友聚集玩一种叫"诗钟"的游戏。事前准备和控制时间的任务便派十来岁的洪业做。据洪业回忆，客人没到前他就在桌子上搁好文房四宝和有关典故的参考书，然后在相对的墙上贴了纸，一边写七个平声字，另一边七个仄声字，写好一条一条从下面把它卷上来，沾点浆糊贴起。诗钟开始了，洪业即请客人在一边墙上贴的纸中随便挑一张揭开，又请另一客人在对面墙上贴的纸张中挑一张，大家见到两个平仄相对的字就开始作诗。约二十分钟左右，洪业摇铃，大家便得放下笔来。洪业把联子都收到小篮子里，轮流分派给各人看。各人把他认为好的诗抄下来，有的给一两个铜板，真好的给五个铜板，最多七个。在面前小单子上标明哪首诗给多少铜板。筛选后头一个人便高声朗诵他选的对子，作者就站起来，鞠个躬跑过去收铜板，有时刚有人读了上一句，别人便和声读下一句，因为他们也取了那首诗。那作者就得意了，围桌子跑一圈，一边跑一边收铜板，大家拍手恭喜他。我们可以想象，洪业这时期不但学到写诗填词的要诀，也吸收了人情世故和官场潜规矩。洪业在这些父辈身上体验到传统读书人的无奈，无疑增进了他日后对杜甫的同情与了解。

转眼洪业替父辈玩诗钟管摇铃已过了一个世纪，其间中国经历无数了惊天动地的变化，我们回首他耳熟能详的那时代，真觉"恍如隔世"。中国现在很大程度上跟洪业上世纪 50 年代写《杜甫：中国最伟大的诗人》时的西方世界更相似。因此许多他向西方人不厌其烦地解释的事物，如中国传统官僚制度、大家庭习俗、文人喝酒的意识形态等，相信对一般中文读者来说都相当隔阂了，读了亦会获益。看了此书，可透过杜甫的生平重新认识唐代，尤其是玄宗（明皇）那既辉煌灿烂又充满悲剧的一段，则是另一个额外的收获。

（原刊于《东方早报：上海书评》2012 年 10 月 28 日）

《洪业传》出版以后

　　《洪业传》英文原版出书二十五年后，哈佛大学仍陆续销售，中文版却多年买不到了。我有篇关于赵元任、胡适与韦莲司的文章在《上海书评》（2009 年 12 月 13 日）发表，读者饶佳荣先生写评语投报惋惜北大出的《洪业传》在国内已绝版，并自告奋勇和商务印书馆联络筹备再版，让更多的读者有机会认识这位有趣、有守、有为，对中国现代史学有甚大影响的洪煨莲先生，真令人高兴！

　　生长在菲律宾华人社会的我到西雅图华盛顿大学念书时，和迷上中国文化的同学艾朗诺结了婚。朗诺 1971 年到哈佛读研究院，我便跟他到麻州剑桥找工作。朗诺博士论文写《左传》，住在附近的洪业是《左传》权威，成了朗诺的非正式导师，也成了我们共同的朋友。我也因缘际会成了"汉学"界的"票友"。

　　洪业曾当燕京大学教务长，是哈佛燕京学社的创办人之一，学问有口皆碑，他主持编撰十三经以及其他重要古籍的引得（即索引），让没有烂读古书的人亦可言之有据，在中国学术史上是很重要的突破。他又训练了一大批出色的史学家：齐思和、瞿同祖、周一良、王伊同、杜洽、聂崇岐、冯家升、翁独健、杜联喆、王钟翰、郑德坤、陈观胜、侯仁之、谭其骧、朱士嘉、张天泽、邓嗣禹都是他的学生。然而他战后决定在剑桥定居，哈佛大学并没有给他正式的职位，他买了栋房子靠收房租和微薄的社会福利金度日。

与他同时代许多精英分子一样，洪业受过传统私塾教育再上新学堂，中学毕业时父亲在山东曲阜当知县，他决定到上海投考海军学校报国，在青岛上船遇到大风浪误了考期，举棋不定时，同乡商务印书馆的总编辑高梦旦劝他回福州，上教会办的英华学院以便日后办外交。不料洪业在学校皈依了基督教，曾有一度要做牧师。他1915年到美国留学，和陈鹤琴、涂羽卿、刘廷芳等数位基督徒组织了个"兄弟会"，口号是"联合起来振兴中国"，会员有后来成外交家的蒋廷黻、成南开大学校长的张伯苓、清华大学校长的周诒春、上海纺织公司创办人聂其杰等。这"兄弟会"和早些年留美中国学生另一个也恰巧以"联合起来振兴中国"的兄弟会合并为"成志社"，会员包括回国事业已有成的王宠惠、王正廷、郭秉文和孔祥熙。成志社后来在北京、上海、香港皆有分社，可见当时这些留美学生的抱负。

洪业在哥伦比亚大学修了个历史硕士，同时得了神学位，却决定放弃神职。第一次世界大战结束后，巴黎和会支持日本继承德国在中国山东的权益，留美中国学生们都深感有责任游说美国把和约驳回，洪业为此作了一百多次的演说；有一次他讲完下台，有人跟他说他演讲非常精彩，应以此为业。上世纪20年代的美国收音机仍很稀罕，电视还未发明，一般人除上教堂外没什么消遣，数所"演说局"应运而生，安排"巡回演说家"到各大城小镇的学校、教堂、商会演说，提供娱乐兼推广文化。洪业风度翩翩，开口是洗练风趣的英文，很快成为这圈子里的热门人物。司徒雷登1922年要替成立不久的燕京大学在北京西郊建校舍，经刘廷芳介绍，请洪业和亨利·鲁思（《时代杂志》创办人的父亲）合作在美国募款。每到一处，洪业先讲中国文化、中国在历史的地位等，解除一般美国人的误解。讲毕，鲁思便恳求观众捐献一件活的礼物给中国，即一家基督教大学，一年半募得两百多万美元。1923年洪业便带了檀香山长大、仅会几句台山话的妻子到燕大投入学术。

我认识洪先生时他已八十岁，腰身仍挺直的，很会说笑，掌故一大箩筐，聚会时总有一堆人包围着他。我见他感到格外亲切，有趣的是在西雅图促成朗诺和我结婚的高书哿，竟是劝他回福州读英华书院的同乡高梦旦的儿子。1978年春节，赵如兰教授在家办了迎春会，照例有一堆人簇拥着洪先生，如兰就说："应该赶快把他的故事录下来，就是口述历史。"我听了一震，这任务舍我其谁？在座的诸位博士准博士都不会有我那份闲心去做。我素来对洪先生充满敬仰和好奇，很想知道他如何整合不同的文化概念，儒家信念和基督教教义在他的心目中比

艾朗诺、刘子健、杨联陞、曾当洪业学生的山东大学
徐绪典章教授夫人，及笔者与女儿。1987 年 4 月摄于
麻州阿灵顿艾家门口

"A Dance to the Death: The Manic and Messianic Life of a Troubled Idealist"—《纽约时报》1996 年 11 月 27 日以大半版的篇幅分析洪业的外孙女为何自焚。图为她的中学学照

Last of the "Foreign Devils"—《考古》1997 年 11—12 月号讨论斯坦因 1930 年到敦煌搜宝的计划如何被洪业暗中破坏。此为王正廷发的游历护照上载

重如何，他对他的境遇怎能如此泰然，便鼓起勇气拜访他，问能不能带录音机录他的回忆。他同意每星期天下午在他厨房和我一边喝茶吃叉烧包一边谈往事，条件是要等他身后才能发表，因他最厌恶歌功颂德的文章。我们两年半积累了三百多小时的谈话记录。洪先生1980年八十七岁时逝世后，我把资料整理成传，约百分之八十根据洪先生的口述，他有时用普通话讲，有时用英语，所以我有时需翻译，有时得加以浓缩、注解；其外百分之十根据我对他本身、亲友，以及环境的印象写的；其余则根据文献，以及和洪先生的新知旧雨探讨的结果。这传记对哈佛大学不太恭维，但获张光直、杜维明和韩南教授的支持，哈佛1987年把它出版了。

八十多岁老人忆往事，大半生的档案信件又不在身边，差错是免不了的，然而洪先生的记忆大体很准确，有些事乍听"比小说还离奇"，后来竟然被印证了。

譬如洪先生说1924年有位燕大学生替哈佛福俄博物馆的朗顿·华纳当翻译，跟华纳到敦煌去，见他用甘油渗透棉布把数幅壁画取下运回美国；次年华纳又带了大队人马来，准备把更多的壁画运走，这学生向洪先生泄密，洪先生马上告诉教育部副部长秦汾，教育部即发电到敦煌沿途各县市，吩咐地方官员招待这些外国人，加以武装保护，但小心防备他们破坏文物，结果华纳空手而还。也正因这次全军覆没，华纳这"中国通"没份插手正在筹备的哈佛燕京学社。哈佛燕京学社成立后，洪先生到哈佛作交换教授，听说最初发现敦煌文物的斯坦因说服了哈佛燕京在美国的托事，出钱让他到中国搜宝，便力劝他不要去。但斯坦因还是去了，结果也空手而返。洪先生对他这保护敦煌壁画的壮举颇得意，他怎么说我便怎么写。

书出版十年后我突然接到一通电话，对方请我把一张洪业的照片寄往美国《考古》双月刊，说她有篇谈及洪先生的文章。该文年尾发表了，说《洪业传》出版之前，西方学者不明白华纳第二次中国之行为何落空，华纳自己也不明白，给太太的信里很恼恨地说大概是中国官员嫌贿金不足，回美国后心犹不甘，说服他的同事萨克出面筹钱，筹到十万美元（包括来自哈佛燕京学社的五万美元），足够探险队两年的费用，有六千五百美元预备作为给中国官员的"礼金"，终于把年近七十岁的斯坦因引出来。哈佛大学文档中有一份提到 1930 年 3 月 18 日斯坦因、司徒雷登和洪业在萨克家开会，洪业说他可去函请刚成立的文物保管委员会替斯坦因铺路，斯坦因推说探宝细节须保密谢绝了。斯坦因离开康桥前，再次请教福俄博物馆示范怎样使用甘油和纱棉，到了南京拜见中国外交部长王正廷，则说此行目的是要跟踪玄奘的脚印。不料中国报章突然出现他打算搬运文物出境的报道；同一个月内，立法院通过法律限制文物出国；他到了新疆又有姓张的学者亦步亦趋地跟随他，让他动弹不得；最尴尬的是，预算中贿金一项被传了出来，燕京大学在美国的托事向福俄博物馆质问，斯坦因只好作罢。《考古》此文的作者说她相信贿赂官员的预算是洪业传出来的，因他看过该团的预算。我们知道王正廷是洪业"成志社"的兄弟，他暗中把此事本末告诉王正廷，也是意料中之事。

据我所知，《洪业传》1995 年的北京大学版主要有两个错误。一个是中文版的错误，南京大学莫励峰教授指出敦煌古物中最早的印刷书是《金刚经》，不是景教的礼拜手本，这是我译错了，英文版提到两种文献间有个逗点，我没注意到，以为是同一文献。另一个错误是普林斯顿大学周质平教授指出的，书中说二战期间洪业去看驻美大使胡适，电话响胡太太听了说是宋子文，周质平说那时候胡太太不在美国，应是使馆别的女士接电话。

还有个地方不是错误，是称谓的问题，洪业谈起当时在普林斯顿执教的宋史学家刘子健总称他为"我的学生"，我成书后把谈话录音带捐给了哈佛图书馆，最近清理档案要把其他的有关文件也送去，发现有封刘子健写给我的信，说他没有上过洪业的课。刘子健的父亲实业家刘石荪和洪业很熟，刘子健抗战时期从清华转到燕大，和洪业一起被日本宪兵押入狱还替洪业洗衣，一向对洪业执弟子礼。抗战胜利后"成志社"的弟兄向哲浚率领中国代表团到东京去审判日本战犯，要洪业替他找位会讲英语和日语的有力助手。洪业便推荐刘子健，因他除了讲流利的英、日语外，还懂法语、俄语，难得的是他在日军牢里受过苦，但并不仇恨日本人。刘子健是洪业最亲近的人之一，洪业称他为学生不足奇。

刘子健 1989 年在《历史月刊》（6 月刊，第十七期）发表一篇文章，题为"洪业先生：少为人知的史家和教育家"，说洪业的史学功力不亚于陈寅恪、顾颉刚与钱穆；整理国故比胡适更有成绩，为何声望远不如这几位大师？结论说有种种原因：一则洪业集中精力做基础工作，编了六十四种引得，为了选最佳版本，上承乾嘉反复考证源流，贡献宏大，但这是供人使用的。二则洪业写文章不求闻达，最重要的著作是《礼记引得》与《春秋经传引得》的两篇序文，解决了很多历代以来争议纷纭的疑问，在本行之外却少为人知。关于杜甫的巨作，他考订了三百多首杜诗的时间，是用英文写的，读者有限。最可惜他数十年研究《史通》，要把原文每句的来历都找出来，以确定刘知几用了哪些书，没有完成就逝世了。其外，洪业办教育训练学生，毕竟分散了他研写的精力。再者，他自美国到燕大执教时已三十岁，作风相当洋派，许多人以为他是华侨；当时北大清华中央金陵各大学史学都已有相当阵容，他在教会的燕大独树一帜，和洋人共同筹办哈佛燕京学社，被人以为是洋机关，所搞的国史必不甚高明；他1946年后在哈佛只有研究员的名义，更少为人注意了。

清理档案时，我又发现一篇1998年自己写的文章，此次再版把它附录在后。事缘《洪业传》出版后收到洪业长女霭莲的信，还有霭莲童年朋友转寄来的信，看了令我相当震撼。我认识洪先生的时候洪太太已去世，关于她的事他没多说我也没多问，原来她的身世那么复杂，洪家有那么多可悲的事情。不料还有更大的悲剧正酝酿着，洪先生去世十五年后，他四十六岁的外孙女，一个秋日清晨很冷静地走到宾夕法尼亚大学校园中心，朝自己的身上倒汽油点火自焚，在五十人围观下死亡。《纽约时报》走访了些认识她的人，分析这令人惊骇的事件，结论是她来自一个显赫的华裔家庭，这环境只许成功不许失败，母亲也是自杀的。我感到这悲剧可追溯到她外祖母的那一代，写下《洪三代女人的悲剧》一文，当时因种种原因没有发表，现在事过境迁，可以向读者交代了。

我写《洪业传》的时候，对洪业妻女情形不清楚，不知他有这许多隐痛。他老人家对什么事都兴致勃勃，谈起往事虽相当激动，却令人感觉他心灵深处有一片宁静，是种尽了责任后对人对事皆不苛求的宁静。洪业后半生不属任何教会，却仍相信祈祷在冥冥中有效，尤其可汲引人心内的潜能，他加入了个提倡祈祷与静坐的跨宗教团契。引伏尔泰的话说要是没有上帝，为人类的利益也要创造个上帝，有了上帝才能有天下皆兄弟之感。我相信吟诗作诗也是他重整思想感情、保持心态平衡的一个方法。他日据时代和张东荪、陆志韦等十来位燕大师生被关在牢里五个多月，待遇相当恶劣，最后日军也许觉悟让这批学者死在他们手中没什么意思，宽松些。他和同狱室的赵紫宸忍饿挨冻竟做起诗来，赵紫宸出狱后把自己的诗作以《南冠集》为题出版，有六十七首是赠洪业或是和洪业的韵写的。洪业晚年常与友人唱和，去世之前两年有一回去看蒙古学家柯立夫的农场，见邻居家门口有个池塘，想到朱熹一首诗，便朗诵给他们听，并用中文写下赠送给这对夫妇，此诗大概代表他追求的心境：

半亩方塘一鉴开，天光云影共徘徊。

问渠那得清如许？为有源头活水来。

（原刊于《东方早报·上海书评》2013 年 1 月 13 日）

编补：

洪业晚年有首题为《剑桥岁暮八首》的诗，《洪业传》此次再版也附录了；其中有一句说："燕市当年老侣俦，最思赵邓陆孙刘。"指的是赵紫宸、燕大教授邓之诚和校长陆志韦，儒商孙冰如，以及刘子健的父亲实业家刘石荪。

蒙古学家柯立夫其人其事

　　姚大力教授去年 12 月在《上海书评》有文章提到柯立夫（Francis Cleaves），勾起我一阵回忆。到网上一查，柯立夫 1995 年以八十四岁高龄逝世时哈佛同仁例行在校报登刊的悼文，让我对他独立特行的性格有新的领会。

　　该悼文首段称誉柯立夫是美国蒙古学的开山祖，以译注蒙古碑拓著称，因而荣获法国儒莲奖，亦翻译了《蒙古秘史》。随之相当突兀地说："柯立夫很早就展现了他的语言天才，在霓达姆高尔夫球俱乐部做球童工头的时候，便在与顾客言谈间学会了意大利话。"

　　哎，看得我心里不舒服：共事半世纪，念念不忘他出身卑微，曾当高尔夫球童工头！这令我想起上世纪七十年代外子朗诺做学生时，柯立夫告诉朗诺他孩时家住爱尔兰难民聚居的波士顿南区，开学第一天老师叫班上不是天主教徒的学生举手，他是惟一举手的孩子，后日备受同学嘲弄可想而知。柯立夫自幼便和他所处的环境格格不入，怪不得他一生漠视社会的常规习俗，宁愿和动物为伍，喜欢往古书里钻！

柯立夫以优越的成绩考进常春藤的大学之一的达特茅斯学院，主修拉丁文和希腊文。他进哈佛研究院后转入远东系，那时哈佛燕京学社创立不久，由俄人叶理绥（Sergei Grigorievich Elisséeff）主持。叶理绥鼓励他研究蒙古史。悼文中说柯立夫转系原因是伫立于校园刻有中文的大石碑引起了他对东方有兴趣，不知是哪里来的传言，因 1936 年哈佛三百年校庆中国校友赠送这石碑给母校时，柯立夫已获哈佛燕京学社的资助到了巴黎，跟伯希和学蒙古文及其他中亚语言。

柯立夫 1938 年抵北平师从比利时蒙古专家田清波神甫，也请当时在辅仁大学任《华裔学志》编辑的方志彤替他补习汉文。他一边写博士论文，一边主持被哈佛燕京学社收编的中印研究所，继创办人钢和泰男爵整理佛教文献。

柯立夫在北平购买了很多满文和蒙文的书籍、文档，以满文居多。旗人当时家道中落，加上战事频频，更急于出手，而看得懂满文的人无几，汉人对这些东西无兴趣，柯立夫便大批廉价收购。这些文籍最终归入哈佛燕京图书馆，令该馆的满文收藏居美洲之首。他 1941 年准备回哈佛教书前把写好的论文邮寄回美，不幸遇上太平洋战争爆发邮件遗失了（战后才在日本神户找到），只好着手重写；但不久便弃笔从戎，加入美国海军陆战队参加太平洋战役。据他说，有一次中国部队撤离一个驻防点要让美军接防时，他进入一个大厅，竟发现里面都是满文书，没人带走，他得国军军官允许，向美军借用一部装甲车，把书悉数运回哈佛。战后他被委派遣送华北的日本侨民回日，遇上日侨遗弃下的图书亦都搬运到哈佛。

其实柯立夫在琉璃厂的丰收，方志彤的功劳相信也是很大的。方志彤一生嗜好搜书，后半生到了美国，波士顿和剑桥的旧书商都认识他，退休时家里书堆得实在没办法，碰上中国改革开放，便把大部分赠送给北京大学图书馆。高峰枫去年9月在《上海书评》的《所有人他都教过》一文中引柯立夫的信说他在北平三年间和方志彤过从甚密，有时天天见面。又引伊丽莎白·赫芙（Elizabeth Huff）的话说她从哈佛到达北京后，经柯立夫介绍，亦请方志彤辅导学古文，而方志彤课后必带她逛书店吃馆子。柯立夫人地生疏，没有方志彤带路大概不会迅速搜到那么多好书。

可惜柯立夫未能维持他和方志彤的友谊。有一次朗诺和柯立夫一起走出哈佛燕京大楼，恰巧方志彤迎面而来，柯立夫趋前和他握手，说："Achilles，你记不记得我们在琉璃厂一起逛书店多么开心！"方志彤很不耐烦地说："Water under the bridge!"那时柯立夫是终身教授，曾当他老师而且学问一点都不差于他的方志彤却是讲师，地位悬殊，意谓大江东去，前尘旧事何必重提。

柯立夫很喜欢教书，一直到1980年被迫退休都留在哈佛，除教蒙文和满文外，还负责二年级文言文，用《论语》和《孟子》做课本。哈佛教授每六年可享受一学年的带薪学术假，他一次都没拿取。学生也喜欢他那种完全无架子、不拘小节、说话无禁忌的作风。

他身体魁梧，相貌堂堂，但乖僻是出名的。他星期一至星期四住在离校不远的霓达姆市，这是波士顿城的高尚郊区，每家前院照例有修剪齐整的草坪、刻意栽种的花卉，他的园子却乱草丛生，让左邻右舍侧目，并且不设卫生间，亦不装备暖气，冬天靠和他同床的金毛猎犬取暖。他周末开车把狗群带回离剑桥两个多小时车程的新罕布什尔州的农场，这秀峰环抱的农场有一百多英亩，农舍却也没有卫生间没有暖气设备。他省吃俭用，钱都花在动物身上，缺钱用便跑到附近的滑雪场当停车场售票员，毫不感觉自贬身份。

喜爱动物的他，小时常把野外的蛇、臭鼬带回家，有一次甚至偷偷地瞒着家人邮购了只黑熊。我们认识他时，他在农场上养了十多匹马、数十头牛，每头牲口都取了名字，有些是学生的名字。这些动物是不卖不宰的，当孩子看待，有朋友喜欢就送人。看来他对蒙古情有特钟，和他喜欢户外生活喜爱动物有关。

朗诺有一次问柯立夫到了蒙古有何感想，他说："我走出火车看到一堆堆马粪牛粪，发出的蒸汽冉冉上升，就叹口气说，果然到达了！"

朗诺和我与柯立夫熟稔，除因朗诺上他的课外，还因为他人若在剑桥下午三点钟必到洪宅和洪业茶叙，同读一篇古文或讨论一个问题，数十年如一日。洪夫人已去世，我们常请两位单身汉吃晚饭。洪业约八十岁，柯立夫不到六十。洪业虽一头白发，高瘦的身干是直挺的，如玉树临风；柯立夫体重两百多

柯立夫与他的牲口，1984 年摄

磅，势如泰山。酒酣饭饱后，两人便引经据典地谈古说今，往往用拉丁文抬杠，到深夜方散。柯立夫总向我要了熬汤的猪骨头带回去喂狗。柯立夫不善于与人周旋，洪业则是个深懂人情世故的儒者，但两人在学问境界里找到了共同的园地。洪业有两篇文章是受他激发而写的，一篇是《钱大昕咏元史诗三首译注》，另一篇是《蒙古和人史源流考》。后者的出版可说相当不幸，因为柯立夫——真正的蒙古史权威——并不同意洪业的结论，但因不愿破坏两人友谊而把自己研究蒙古秘史的成果搁在一边数十年，一直等到洪业逝世后 1982 年才发表。

柯立夫做学问一丝不苟，惯于从考证着手。然而他把 13 世纪蒙古文写的《蒙古秘史》用 17 世纪英译圣经的语言翻译，说非如此不能表达原文的韵味，是具争议性的。此书"引论"里爬梳了《蒙古秘史》在中国以及国外的流传史和版本史，不时引述洪业的见解，也指出他不同意洪业的地方；脚注不多，打算把较详尽的注释另册发表，说这做法亚瑟·韦利（Arthur Waley）翻译《诗经》和洪业的《杜甫：中国最伟大的诗人》时开了前例，可惜第二册最终没面世。

哈佛同仁的悼文结尾说：

> 他的学术著作力求准确清晰，翻译尽量字字忠于原文，是写给其他学者和自己的学生看的，所引的俄文都译成英文。他很执著于内心的标准，无论学术和道德方面都如此，而且主见甚深，又有铁般硬朗的身体，令人想起塞缪尔·约

笔者、艾朗诺与柯立夫得意门生傅礼初（Joseph Fletcher），洪业追思会后同在墓前合影，想不到他三年后也病逝了。1981年摄于麻州Pepperel镇

翰逊（Samuel Johnson），而约翰逊的文笔正是他心目中的楷模。"

柯立夫对 1866 年即注译《蒙古秘史》的俄人帕拉迪（Archimandrite Palladii Kafarov）很尊崇，引的俄文相当多，为使学生看懂都译成英文。但法文德文则没译，当时汉学家都能看懂。有趣的是中文倒译了，因他们一般中文程度不高。

柯立夫的英文的确很美，成见的确很深，躯体的确如约翰逊般庞大硬朗；但没听说过他刻意模仿约翰逊的文笔，乍看也不特别像，虽说英文写得典雅多少都会受约翰逊的影响。不过从修辞的角度看，把柯立夫和大文豪拉在一起来替悼文作结尾，倒潇洒得很。

无论 17 世纪还是约翰逊的 18 世纪，柯立夫的精神世界总而言之不植根于 20 世纪，这点跟洪业上世纪 30 年代在北平每周定时茶叙的另一位挚友邓之诚相似。邓之诚也是个不愿在 20 世纪落根的人。

柯立夫一生最大的憾事是，他的得意门生、出自学术世家、才气横溢的傅礼初（Joseph Fletcher），好不容易学通了汉文、阿拉伯文、波斯文、俄文、日文、蒙古文、满文、梵文和欧洲多国语言，准备好好梳理亚洲内陆的历史，却英年早逝，如今学者只能在他寥寥数篇文章以及他参与撰写的《剑桥中国史》中略窥他的才华。

哈佛当年很少提升年轻学者作终身教授，傅礼初临此关时

并没有著作，柯立夫在文学院教授大会中为他力辩，结语令人
莞尔，他说："傅礼初不但是位难得的学者，而且是位正人君
子，而哈佛正需要多几个正人君子！"

傅礼初 1984 年癌症突发去世，柯立夫主动代课替他把学年
教完。以后数年不支薪继续在哈佛开课教蒙文和满文，条件仅要
哈佛补贴他来往农场的交通费和让他免费在教师俱乐部用餐。

我最近见到曾当柯立夫助教的郑文君（Alice Cheang），她
回忆说："我 70 年代做他学生的时候，班上只有四五个人，就
在他哈佛燕京学社二楼的办公室上课，他课上不久，就开始讲
故事了。再不久，也就要泡茶了。有个学生被指定到走廊对面
把茶壶注满水开炉灶，另有靠门的学生被指定听水滚的声音，
又有个学生负责赶快去冲茶，因为用 Francis 的话说，我们之间
有个贼头贼脑的韩国人，一不小心滚水就给他霸用了。这韩国
来的研究生大概以为水煮开了任何人都可随意用。我们在他班
上文言文学得不多，倒吸取了不少历史地理和做学问的常识。
后来我做他助教时学生有十多人，因依新规定学日文的研究生
须选文言文……Francis 写的英文字很好看，还写一手漂亮的汉
字。我做他助教时他常慷慨地请我吃午饭，相信不少穷研究生
因他而经常可饱食一餐。有一天我和他在教师俱乐部吃过午餐
走回他的办公室，路见哈佛正把一栋好好的大楼拆了重建，他
摇头不已，进门随手提起粉笔在黑板上写了四个字：'呜呼哀
哉'，遒劲有力。"

戴梅可（Michael Nylan）记得柯立夫有一次触怒了头公牛，

被牛角刺伤，请洪业代课几个月，等到康复了回课堂，不假思索便把衬衫拉起让学生看他的伤痕。

现在台湾执教的甘德星（Kam Tak-sing），回应郑文君的邮电回忆道："柯教授这怪杰，可谈的事太多了，叫我从何说起？现在加拿大英属哥伦比亚大学亚洲学系主任 Ross King 和我，还有现在印第安纳大学宗教系的 Jan Nattier 和中欧亚研究系的 Christopher Atwood，相信是他最后的几个学生。他为了给我们开课，清晨约四点钟就须起床，喂饱他的牛、马、狗和其他牲口，然后开车到巴士站赶往剑桥那班慢车。课从下午一点钟上到四点，满文蒙文同时教。他人还未走入课室，气味早就先飘袭进来。他退休后我们每年总去看望他一趟。他家没电话，也没有茅房，有急就得在他庄园里找个安静隐秘的地方解决……"

我大概嗅觉特别不灵敏，不记得柯立夫有何异味。只记得他讲话有趣，不时以古鉴今，拿世界各地的事物互相印证。和洪业一样，对他而言，东方与西方之间不存在鸿沟，古代与现代之间不存在裂罅。他虽爱好大自然，但对大自然没有浪漫迷思，常说："大自然是残酷的，是极端耗费的，成千成万的鱼卵孵化成小鱼的至多数百，数百条小鱼也只有数条能生存长成大鱼。"

他完全没有政治正确意识，听我偶尔一番议论后，总摇头叹说："你那小小的脑袋怎可能装得下那么多东西？"

柯立夫是洪业的遗嘱执行人。柯立夫有亲弟妹，但遗嘱执行人指定他台湾来的学生刘元珠（Ruby Lam）。刘教授数十年对柯立夫执弟子礼，难得的是连她香港来的丈夫也对老师孝敬

125

有加。替柯立夫善后必定不简单，要收拾他城里乱杂的房子和新罕布什尔州的农场，无数的书籍和文档，包括白费了许多人的苦心十五年的光阴后放弃的《哈佛燕京大字典》遗骸，这些装满了一排绿色档案铁柜的卡片，被柯立夫以悲天悯人的怀抱收容在他的农场地窟里。

互联网上有则发自蒙古的讯息：蒙古国立大学于 2011 年有个隆重的"柯立夫一百周年诞辰纪念学术大会"。这种哀荣是柯立夫不会料想得到的，也是他的哈佛同仁难以企及的。

（原刊于《东方早报：上海书评》2013 年 4 月 7 日）

编补：

原文中我把柯立夫的得意门生 Joseph Fletcher 名字音译为"费莱彻"，因不知他有个中文名字叫傅礼初。此人不但才气横溢，还富幽默感。1980 年柯立夫六十九岁年生日我们在家里开了个茶会，吃蛋糕，以为他第二年退休就不能在剑桥庆祝了。因人多家里所有的椅子都派上用场，包括一把可折叠的木椅；傅礼初来了，一坐这椅子就塌下来，害他跌到地上。他马上喊叫："糟糕！上帝惩罚我了！"引起哄堂大笑。朗诺关心地问："你没事吧？"他答道："没事，没事，只怕脑袋丢了些蒙古文法的皮毛！"逗得柯立夫也乐了。

再谈柯立夫和方志彤

《蒙古学家柯立夫其人其事》在《上海书评》（2013 年 4 月 7 日）发表后，接到一些评语，藉此补充和修正。

梅维恒（Victor Mair）说他学生时代到过柯立夫的农场，记得他养的是黑摩根马。我才想起柯立夫也收藏美国早期农具，养这种健壮耐劳能干农活的马，意趣是相同的。

白牧之（Bruce Brooks）说他和柯立夫做同事还算合得来，因有共同语言。但他嫌柯立夫太墨守于伯希和的成规，而且因不完全同意洪业的看法就不愿在洪业生前发表他的《蒙古秘史》英文译注，未免尊师尊得太荒谬了，这其实是一种执拗。学问是不断地自我驳斥才能前进的。"在我所知道的人之中，柯立夫最不轻易改变自己的主张和理念，习惯更是一成不变。你若不欣赏只好远远避开他，我可以说两者兼有。"

艾朗诺（Ron Egan）说柯立夫走出乌兰巴托火车站看到的不是马粪牛粪，一堆堆蒸汽冉冉上升的是骆驼粪。

刘元珠（Ruby Lam）说她并不是柯立夫的遗嘱执行人，执行人是位伯鲁杜克神父（Hector Bolduc），可是她与她丈夫将全力维护她老师遗留在新罕布什尔州的书籍。这些书籍藏在Gilford镇上的一座天主教堂内。

我网上一查，发现伯鲁杜克神父和柯立夫一样，也是个不愿在二十世纪植根的人，他为拉丁文不惜与教廷抗争，被免职数十年。怪不得他们两人"臭味相投"。

伯鲁杜克神父1936年出生于新罕布什尔州，比柯立夫小二十多岁，第二次世界大战时也从军，也喜欢旅行，学各种语言，包括古埃及科普特语，而且嗜好收藏书籍。他快四十岁时在瑞士受当地的大主教封为司铎。这位大主教和他一样，以维护用拉丁文举行弥撒为己任，他们觉得拉丁文有深远的传统，而且是超地域性的，全世界都可通用。当梵蒂冈规定所有的弥撒都必须用当地语言时，这位大主教和伯鲁杜克神父仍坚持己见，结果大主教被逐出教会，伯鲁杜克神父没有被逐，亦被免了神职。他的父亲逝世后他回到新罕布什尔州出生的家养牛，当地居民出钱出力替他建立一座小教堂，教堂一整边的墙壁用来放他的藏书，其中有上千年的古书，每一本他都读过。2008年上任不久的新教皇决定允许继续用拉丁文举行弥撒，伯鲁杜克神父感到他三十四年来坚持的信念终于被肯定了。他去年才逝世。

我把在《上海书评》发表的文章传给哈佛燕京图书馆的西文书籍负责人林希文（Raymond Lum），他告诉我关于柯立夫遗留在新罕布什尔州的书，赖大卫（David Curtis Wright）有专文在《宋元研究学报》（*Bulletin of Song-Yuan Studies*）第 28 期（1998）讨论，并影印了一份寄给我。

除了把赖大卫的文章影印给我外，林希文还让我看他纪念方志彤的英文未刊稿。方志彤有惊人的学识，又是极优秀的教师，艾朗诺英译《管锥编》扉页上献给方志彤，不但因为他从事这项工作，是钱锺书清华时代的要好同学方志彤鼓励他做的，而且他看得懂文言文，全得力于方先生。然而"冒牌华人"之讥一直笼罩着方志彤，没想到素来对隐私设防甚严的他，却向忘年之交林希文倾诉他的身世。下面我得他的同意择录以飨读者。

柯立夫和方志彤同有藏书癖。曾经非常亲密，但后来因机遇悬殊友谊无法维持下去。两人都是个特殊时代的产物；恐怕汉学"制度化"后，再也产生不了也容纳不了像他们这样独立特行的人了！

柯立夫在新罕布什尔州留下的藏书与文件：

赖大卫说柯立夫在该教堂保存的书约有一万五千本，包括 18 世纪出版的英文和法文关于亚洲的成套书籍，藏在装了玻璃门的书柜里。

他 1997 年花了约十五个钟点翻看柯立夫遗留的文件，有些经整理放在铁柜里，但仍有大量堆在桌面，发现其中有手稿也

柯立夫和他教过的一些学生：范佐仑（Steve Van Zoeren）和夫人张佩姗、
Tina Endicott West、刘元珠和夫婿林楷和、Wendy Zeldin、艾朗诺。
1984 年摄于柯立夫新罕布什尔州的农场

有打字稿，用的多半是油印行政通知的反面，可见柯立夫节俭成性。赖大卫抽查了的文件分数大类：（一）有三十多个文件夹注明《蒙古秘史》的资料，大部分是书的打字原稿。柯立夫英译了《蒙古秘史》后，本来打算把较详尽的注释另册出版，但第二册始终没有出版。赖氏只见到零星的未刊注释，希望未经他过目的稿件中很多，将来有人把这些珍贵资料发掘出来发表；（二）元史：柯立夫以译注《元史·本纪》出名，这些大部分在有带副本的打字稿完美地保存着，包括本记 1-2，4-14，17，21-26，28-29，34-35，脚注整齐地置放在稿件下端，大多数手稿也保留了。另有十多种《元史》中人物传的译注；（三）三十多箱没有完成的《哈佛燕京大字典》的卡片。据文档记录，其中有些 1976 年寄了给不列颠哥伦比亚大学的蒲立本（E. G. Pulleyblank）教授；（四）其他：关于蒙古和元史的文稿，波斯文献的译注，课堂教材等等。

赖氏报告说要查阅这些文件不容易，因为教堂没有专人负责，而申请要参观和研究的学者很多。

笔者注：内蒙古大学周清澍教授对柯立夫的蒙古学藏书，于 2005 年在中国社会科学院民族学与人类学研究所作了一份报告，说在新罕布希尔州的柯立夫藏书中各种语种的工具书，如突厥语、波斯语、阿拉伯语、蒙古语的词典特别多；波斯文的蒙古史史料不少是原文本，蒙古文书籍相当多，包括几份蒙古文家谱，20 世纪 20 至 40 年代北京蒙文书社出版的蒙古文书籍，柯立夫几乎一本不漏地均有收藏。丛书中《东方学文献》收藏得非常全，俄国、苏联时期历史地理学会的杂志收集得很完整。

附录：

林希文纪念方志彤博士

方博士握着扭曲了的金属黑手杖在街道当中行走，脚上穿的是麂皮绒黑鞋配白袜子，法式贝雷帽下泻出数撮白发。他危及了来往的车辆和自己的性命而浑然不觉，所幸哈佛校园恬静的后街交通稀少。

我下班经过他住处附近，向他挥挥手，他便往我这一边走来，却不上行人道，我只好陪他在街上走，顿然领悟方博士素来要别人迁就他，现在年高望重，人人又都知他性情古怪，更觉得理当如此。

他问我有没有时间看看这一带的住宅区，我实在没时间，但他已用手杖弯勾住我的手臂说："当然有时间！"又问我看到他还了图书馆的口述史没有。我在图书馆工作，见伊丽莎白·赫芙（Elizabeth Huff）的口述史谈及他们两人数十年前短暂的情事，便把书传给他先看。方博士说他并记不得有这回事，抗议道："他们不该出版此书。可是他们有的是钱，也拿他们没办法。"我加快脚步跟上他的步伐，发现他手杖主要用来推开路上前面的树枝和石头。看到有车驶来，我便本能地赶紧轻轻推他躲闪。

"你住哪呢？"他又问。我没上过他的课，他很可能连我的名字都不清楚，但我们多年在哈佛燕京大楼走廊上碰面，他总和善地点头和我打招呼。

"我就住在叫树荫坡这一带，都是自有宅，但我们是租的，住了二十一年了。这条路可穿越对面的诺顿树林。看到围墙没有？建筑这围墙为的是要挡住屋价较廉的撒墨尔庄。看到那栋大楼没有？剑桥和撒墨尔庄的分界线穿过那栋大楼，但到了我们的房子就把界线挪了些，让房子归属剑桥。进来喝瓶啤酒吧。"

到处都是书！壁上，地上，桌上，都是书。"来看看我的书！"他不是邀请我而是命令我，一边说一边已上了楼。楼上有更多书。这显然是他的私人天地。门把上，栏杆上，窗帘架上，所有凸出的地方都挂着穿过的衣服，约莫可见有洗好的整整齐齐地叠在一角；除此外到处就是书，高高地堆满两间卧室，有楼梯可走上他三楼的书房，书房自然有更多书，连楼梯口也占了一半，须侧身才能登上去。

他捡起一本："你瞧，这是我昨天找到的。此人只写了四本书，都关于文化人类学。我全看了。才三块钱。哦，我可不是研究人类学的。"他把手一扬，"这些书我都翻过。我打算捐给清华。清华是我的母校，你知道吗？可是需要装箱，付运费，我都不行。我办公室里还有书。我两年前退休了，退休后可以保有办公室两年，可是他们又能把我怎么样？难道踢我出去，把东西都丢在街头？"我们两人默默相视，我也没有答案。

方志彤，这研究古希腊的韩国学者，在哈佛教了三十一年的中文。他告诉我："我的母语是韩国话，然后学日语，再学中

方志彤 1980 年把大部份藏书捐赠给北大，艾
朗诺负责搬运，次年得老师赠此照片道谢

方志彤忘年之交林希文。2005 年
摄于哈佛燕京图书馆办公室

国话。我在韩国读书的时候讲的是日语，可是看的是中文。我十六岁开始学德语，不是在学校学，自己学的，捧着课本学，课本上那些荒唐的东西只有德国人才写得出来。我发愿要学所有的主要语言，但梵文和俄文一直没学好。"

"那一堆全是关于'文化大革命'的，应该都归图书馆。这边一本中文书都没有。全是希腊和拉丁文经典。我是古希腊学者，不是中国学者！"我听得有点糊涂，他究竟是说他做学问不研究中国，还是说他不是中国人呢？

我们下了楼。他的儿子说有点事要出去。不久他的德国太太（第一任太太是中国人）提了两个购物袋回来了，我记起图书馆每月举办减价售书会时，常见到方博士提了两购物袋的书满载而归，他们两人还蛮相像的。

他介绍我们认识，但这另一位方博士对我突然的出现似乎不甚高兴。我还没有脱外衣，她就对丈夫说，"这里冷得很，不要让他脱外衣。""所以说嘛，我就是为这原因没叫他脱外衣。"随即两夫妇用德语交谈。方夫人出去一会儿又回来，脱了外衣，把电话带进楼梯下的小房间里躲开了。

"吃花生吧。来这儿坐。我们中国人喜欢喝酒时吃点东西。穷人吃花生不吃瓜子，南方除外。北方长西瓜的季节太短了。"原来他把自己打造成中国人，也说服别人把他当中国人。

"我来了三十一年没有回去过亚洲。数年前我的家人都去了欧洲，我不能去，要看守这些。"他把手扬向几乎连壁炉都全掩盖住的书。

我不久就搬了家，下班不再途经方博士的住处，但这之前凡是星期五遇上天气暖和，方博士总请我和他一起吃中国菜，是他一位决定不继续念中文的学生从唐人街带来的。我则带瓶葡萄酒，两人便坐在他家门前的游廊上吃，因为里边是放书的，不是给人坐的。他那些日子开怀地大谈他熟悉的艾兹拉·庞德，抨击"费蒋介石"（费正清教授 [John King Fairbank]），替我正在写的博士论文想点子，告诉我他因在中国的时候做韩国人不安全，于是装为中国人。他对我平等看待，我觉得很荣幸，但我一直都没直呼他名字，总称他为方博士。

后来艾朗诺和一些他教过的学生帮他把书装箱，送到北京大学去了。有一小部分经我手捐了给哈佛燕京图书馆。

方博士1995年11月22日去世后，另外那位方博士打电话给我说有几本照相簿，要捐献给哈佛燕京图书馆。她说她父亲是位医生，她小时候跟着家人从德国到中国去，是在中国拍的照片。她不但精通中国话，而且成了位中国纽扣专家。她和方志彤是在中国认识的。我访问了她数次，但从不谈方志彤，因她有她自己的中国故事。她也许不记得我就是那个星期五晚上和她丈夫在门前游廊吃饭的人。有个圣诞节她请我到她家，给了我一些饼干，是用她在中国收藏的木模子做的，做给她的孙儿吃。她九十二岁那年被房东逼迫搬迁，离开住了半个世纪和方志彤与孩子们共筑的窝，翌年2008年2月便逝世了。

（原刊于《东方早报：上海书评》2013年6月2日）

我们所认识的韩南教授夫妇

艾朗诺　陈毓贤

上星期一早晨，毓贤与我在上海旅馆里各自上网，异口同声喊叫："哎哟，韩南死了。"晚上和中国友人聚餐，发现大家都已知悉他两天前，即 4 月 26 日，在麻州剑桥突然辞世。我翌日在复旦大学讲《夷坚志》，有学生提问为何中国的小说一般都那么短，没有史诗；我说明清小说就有很长的。在座的陈引驰教授补充说："我们必须把文言小说和白话小说分开讲。刚去世的汉学家韩南（Patrick Hanan）指出中国文言小说包括《聊斋志异》在内都偏短，但源自口传的白话小说就不同，敦煌的变文是很长的。"

我们星期三回到加州，邮件堆里赫然看见有韩南寄给我们的英译《蜃楼志》，邮签是 4 月 22 日，他身体必定已很虚弱，是他儿子代他题字代寄的，不胜唏嘘。

他研究《金瓶梅》，翻译《肉蒲团》，转变了我们对中国小说的看法——这位东西半球学者同哀悼的韩南，究竟是位怎么样的人？

韩南 1927 年在新西兰出生，本来研究英国中古小说，到了英国修博士时才对中国文学发生兴趣，便从头再念起。他有几年留在伦敦大学亚非学院教书，到了美国最初五年在斯坦福，后来便一直在哈佛。在他们那一代的汉学家中，韩南是个异数。当时把中国的东西当为学问研究的人不多，一般汉学家愤世嫉俗、自命非凡，韩南却为人极低调。更令人讶异的是，他研究的领域竟是当时学者所不屑的通俗文学，而且是色情小说。

鼎力争取哈佛聘任他的是海陶玮（James Robert Hightower）教授，是我的博士导师。我上世纪 70 年代初上韩南的课时，他刚到哈佛不久，非常拘谨，主要讲小说的版本问题，有些同学抱怨太枯燥了，他最早的博士生，现在宾夕法尼亚大学教书的梅维恒（Victor Mair），本来就对佛学有兴趣，论文便研讨敦煌变文。

韩南稳打稳扎地梳理了一些小说的版本后，就关注小说的风格，发现不同时代的小说有不同的风格，从而勾勒出中国白话小说史。他翻译了《肉蒲团》并有专书谈论其作者李渔，后来研究《儿女英雄传》、《风月梦》、《海上花列传》等十九世纪小说以及基督教用以传教的叙事文本，并翻译《禽海石》、《恨海》和《黄金祟》这些少为人知的近代小说。今年八十七岁的他刚出版了英译《蜃楼志》。

韩南长期做系主任，1987 至 1996 年间还任哈佛燕京学社社长，总是按部就班秉公办事，从不徇私，遇上问题尽力找个圆通的解决办法。他若对任何人不满，不会在背后冷嘲热讽，更不会当面斥责，最多避免和其人往来。他不高兴蒙古学家柯立夫领薪水一定要秘书把支票送到他办公室，柯立夫去世便不参与写哈佛同仁例行在校报登刊的悼文。他有份英国绅士式的矜持，却没有英国绅士那种冷眼看人间老谋深算的态度。他很有幽默感，只是不轻易炫露罢了。记得钱锺书1979年访哈佛，见到和他一样博学的清华老同学方志彤大喜，韩南形容钱先生"像一瓶经摇晃的香槟酒，'砰'地一声打开，各种语言便喷射出来"。

韩南退休时，同事和前后学生替他办了个宴会，几位事业有成的女弟子相继站起来说她们读研究生时，教授普遍看不起女生，只有韩南尊重她们。他的女弟子包括卫斯理学院的魏爱莲（Ellen Widmer）、芝加哥大学的蔡九迪（Judith Zeitlin）、哥伦比亚大学的刘禾和加州大学伯克利校区的袁书菲（Sophie Volpp）。韩南把藏书全捐给了哈佛燕京图书馆，对这决定很得意，说是一举两便，再不必为书烦恼，而因家住得近仍可随时翻看。韩南对妻子忠心不渝，两人恩爱六十多年，在汉学家中也是个少见的。

记得我做学生时，韩南夫妇有一次在他们的寓所办了个鸡尾酒会，请了几个同事和学生。他们家离学校很近，面积不大，但摆设很雅致，厨房天花板开了个天窗额外明亮。事后毓贤说："韩南太太真是个没有城府的人。我把空杯子拿到厨房遇到她，她对我说她今天战战兢兢，紧张透了。"我才想起当晚有人问起他们的独生子，韩南夫人说："他自从商学院毕业，钱赚

海陶玮、韩南和艾朗诺 1987 年在麻州阿灵
顿艾家院子

韩南夫人安娜 1994 年复活节和笔者
与女儿在纽约吃早餐

2011 年韩南夫妇在麻州剑桥庆祝结婚五十周年纪念与儿子、媳妇、两个孙女、孙女
婿和安娜从德国赶来的妹妹（右一、右二）以及笔者合摄。韩南辞世后还不到一年，
儿子心脏病死亡，患有帕金森症的妻子也相继去世

得比他老子多。"韩南有点腼腆，显然感到妻子说了有失身份的话。但她这么一说，大家都轻松下来，在那讲排场讲气派，人人语不惊人死不休的哈佛高压氛围里，仿佛开了一口天窗。

也许因为毓贤也是个直肠直肚的人，所以和韩南夫人安娜特别投缘。我们两家亲近，是我们女儿瑞思出生后的事，母女从医院到家没几天，安娜就带了礼物来看娃娃，向毓贤倾诉她儿子怎样难养。她当时还未抱孙，便把瑞思当自己孙女。毓贤虽有点受宠若惊之感，但亦被安娜井井有条的内心世界所吸引。

安娜生长在德国北边临海的一个小城里。她说德国二战时人民真苦，家家户户自己种土豆，土豆收成便小心翼翼分成三堆，半烂的先吃，再吃有瑕疵的，没有瑕疵的则放在地窖，希望能保存到明年春天吃。她的妹夫被纳粹当炮灰阵亡。战后更苦，美军把德国轰炸得一塌糊涂，积尸横路血肉淋漓。她一个人跑到伦敦谋生，在医院里工作，遇到韩南两人一见钟情，不到三星期便旋风般地结婚了。我们可以想像一个矜持腼腆的学者，爱上一位坦率的医护女子，两人都离家独居，一旦表露情感便一发不可收拾。他们生了孩子后韩南仍是个穷学生，婴儿不知为什么吃了奶总呕吐，不断嚎哭，一天天消瘦，他们没车只好抱着孩子坐大巴到处求医，最后诊断是先天肠道畸形堵塞，孩子已奄奄一息，马上开刀救了他一条命，这是他们夫妇一段刻骨铭心的经历。

1957 年韩南到中国进修，安娜便领了学步不久的儿子乘了海轮，万里迢迢投奔人地生疏的新西兰，才发现在乡下的韩南家虽然曾出过主教，却仍然没有电力，太阳西下人人便上床睡觉，但他家人待这德国媳妇极好。

安娜把家整理得一丝不紊，让韩南无后顾之忧专心做学问。她理财有道，省吃俭用在离剑桥约两小时外的科德角海边买了一块地，建筑了两栋房子，一栋自己周末和假期住，躲避了许多剑桥无谓的应酬，一栋租了出去，后来卖了让他们晚年生活很优裕。

韩南做了哈佛燕京社社长后常到中国甄选有潜力的学者，让他们到剑桥进修，安娜有时也跟着去。她一句中国话都不会讲，但爱看京戏。有一次韩南要复印一些书，列了单子给她，叫她把单子交给图书馆复印员，安娜只见那几位年轻女子用手抿着嘴巴偷笑，回去问韩南复印了什么，原来全关于床第之事。

安娜除了种植花草和听歌剧外没有什么嗜好。最大的享受是每星期天早上烹一大壶咖啡，和韩南对坐着悠闲地看厚厚一叠的周末版《纽约时报》，与他评论时事。夫妇两人都非常反战。谈到美国进攻伊拉克尤其激动。安娜总对毓贤说："你知道吗？训练军队就是教他们杀人。经过这种训练后叫他们怎能过正常生活呢？"她热心公益，哈佛校园里每年捐血运动她总不遗余力。

毓贤为旅美中国学人洪业作传，此书哈佛大学愿意出版很得韩南的支持。他说他把稿子带回家，爱不忍释，一口气把它看完。

我们搬到加州后，毓贤到东岸出差安娜偶尔与她相晤。瑞思稍大后，毓贤和女儿相约每五年在纽约一同过复活节。瑞思十九、二十四、二十九岁时，安娜也参加她们母女的聚会，三代女人一起逛博物院，吃馆子，看戏，参加纽约独特的"复活节游行"，所谓的游行，只不过是大家戴着奇形怪状的帽子在第五人道招摇过市，非常开心。韩南和我都没份。

韩南跟绝大多数人都合得来，尤其爱学生，但似乎没有特别推心置腹的朋友，他们结婚六十周年纪念在剑桥一个小旅馆里设宴，除毓贤外只有家人和来自科德角数十年来同话家常的邻居，韩南夫妇可以说就是彼此最好的朋友。

安娜数年前患了帕金森病，韩南平和地对毓贤说："我们到这种年纪患这个病，好处就是病情进展得慢。"毓贤听了很辛酸。安娜不能自理后韩南对她照顾无微不至，事事躬身亲为，安娜对此很内疚，毓贤总对她说："你服侍他这么多年，轮到他服侍你了，不是应该的吗？"劝韩南多雇人帮忙。

安娜屡次进医院，去年终于住入疗养院，不幸韩南也病了，可是因病状不同必须住在另一个疗养院。家在数小时外的儿子媳妇常来看他们。在哈佛接替他职位的王德威、住得不远的魏爱莲、《哈佛亚洲研究学刊》的编辑韩德琳（Joanna Handlin Smith）也不时去看他。我去年 8 月到剑桥，从加州带了袁书菲送他的 iPad 去见他，他虽然瞎了一只眼睛，仍相当乐观，说《蜃楼志》已付梓，可开始译《平妖传》，这本书太有趣了。我怕久坐他会累，但他留我坐了一个半小时。

曾和我一起上韩南课的梅维恒来电邮说他大概是韩南最后见的人。他 4 月 25 日到哈佛开会后去看他："他见到我，就呼叫，'啊，Victor，我见到你好高兴！'说得那么激情，又像是很释怀的样子。接着又重说一遍，'啊，Victor，我见到你好高兴！'他说我的名字时特别温柔，我将永远也忘不了。"韩南似乎不知道安娜在哪，对梅维恒说很久没见她了。又告诉他儿子很关照他们，请梅维恒告诉儿子不必替他担忧，他很好，安娜也很好。韩南第二天便去世了。

韩南就是这样一个本性安之若素，处处为别人着想的人。他顺畅的学术生涯必然助长了他这趋向。

（原刊于《东方早报：上海书评》2014 年 5 月 18 日）

谜样的赵如兰和她的父母亲：赵元任与杨步伟

　　我认识如兰多年，她是个我仰慕的人，但长久以来对我是个谜。一直到她去年 11 月逝世后，我到网络上查询消息，在香港中文大学的网站上读到她 1995 年用英文写的《素描式的自传》，才对她有点了解。我这一年来常想到如兰，试图拆开这谜团，有下面的一些感想。

　　1971 年我在华盛顿大学读完比较文学硕士，便跟随新婚不久的艾朗诺坐三天三夜的火车从西岸到东岸；他在哈佛大学读中国文学，我没找到适当的工作，就在校长办公室做个小秘书，中午常穿越校园去和朗诺同吃午餐，就近光顾心理学系大楼的自助餐厅，总见到一位衣着光鲜的中年华裔女子和一位白人共餐，朗诺的同学告诉我她是赵元任的女儿赵如兰，除教汉语外还在音乐系授课。我问："那人是她的丈夫吗？""不，那是白思达（Glen Baxter）！她的丈夫卞学鐄是麻省理工学院航空物理系的名教授。"

赵元任我听说过，当时只知他是语言学家和替《教我如何不想他》谱曲的人。赵太太杨步伟在华人社区和赵元任齐名，著有美国第一本畅销的中国菜谱。而白思达在哈佛挂名是讲师，主要却是辅助哈佛燕京学社社长行政。我很好奇：赵如兰为什么不跟其他汉语教师吃饭？她和白思达天天谈什么？

不久就有近距离观察如兰的机会，她常和她丈夫请系里的研究生到他们家聚餐，菜肴很丰富。夏季来了，叶嘉莹照例到剑桥和海陶玮教授一起研究诗词，我们跟叶嘉莹和赵钟荪本来认识，如兰请他们夫妇又邀朗诺和我做陪。也就在如兰家一个迎春会上，有一群学生包围着洪业听他讲往事，如兰叹说真该有人录他的故事，我受了启发要求洪先生让我录他的回忆，于是写成《洪业传》。

赵如兰那时已五十出头，是个公认的美人，不是娇媚而是俊俏，有点男子气概，说话走路都那么明快。她非常好客，但似乎只供应餐饮，话不多，尤其不讲客套话，华人间相聚热衷评头论足她从不参与，更从不掏心掏肺地自我表白。学鎏话更少，近乎木讷。然而跟他们在一起并不觉得不自在，因为他们总是一团和气，就希望大家高高兴兴。大家常到他们家吃饭似乎也觉得是应该的。早些年赵元任夫妇在剑桥好客，他们去了加州，这传统理所当然地由他的长女如兰承袭下来。

有一次赵元任夫妇来剑桥看女儿，我们终于见到这两位名人。一个晚上尽是赵太太讲话。最记得她说："我们外孙女比父母都强，在华盛顿当官！"原来如兰和学鎏的女儿是祖父母带大的，在联邦政府任职。赵太太"厉害"凡人皆知，果然名不虚传。我更想知道：如兰有这么一位言语犀利、喜欢逞强的母亲，是怎样走过来的？

如兰和学鏛在剑桥自然是令人羡慕的一对。但 1974 年音乐系推荐校方把如兰提升为哈佛有史以来第二位女正教授时，不服气的大有人在。她不仅是女人，还是东方人；况且如兰 40 年代便开始在哈佛帮助她父亲教汉语，也做过蒙古学家柯立夫的助教，后来自己授课了，东亚系的人仍习惯把她视为普通语言教师，不懂她在音乐系搞什么名堂，反正是旁门左道；多少学问渊博著作等身的学者在哈佛都没当教授，凭什么轮到她？

一年后校方居然又任命如兰和学鏛共任南舍院（South House，现叫 Cabot House）的院长，成为哈佛有史以来第一任不是白人的舍院院长。这就更轰动了，哈佛本科生照规矩第一年住在老校园宿舍，第二年分流到各舍院。舍院有各种课外活动，有研究生做辅导员，还有象征家长的院长；学生在舍院里往往结交到些终身朋友，对舍院很有归属感。舍院院长传统上请特别有名望的资深教授担任，主要任务是办晚会。如兰获此殊荣，不少人嘀咕说她搭上平权运动的顺风车了。

说这话是有缘由的。一直到 70 年代，美国学界是男人的天下，而且几乎清一色是白人，这现象不限于学府，可以说略有地位有权威的位子差不多都被白肤色的男人占据。电视台的主播当然是，所报道的新闻人物也是，各机关发言人尽是，因为决策者全都是。经长期抗争，黑人于 1964 年终于争取到国会通过平权法，结束法律上的种族歧视。平权法通过前夕，有些保守的南方参议员耍手腕添进一条也不可歧视妇女的条例，想让这法案遭否决，因为即使赞成黑人不该受歧视的立法委员，许多仍认为男女不平等是天经地义的；谁知这条例居然陈仓暗渡了。第二年"平等就业机会委员会"成立，起初对女权不甚注意，但 1968 年始便规定招聘员工不准预设男性或女性。70 年代各大机构备受压力，纷纷设立"种族多元"和"男女平等"的数据指标。不少亚裔妇女顿然获得空前的晋升机会，因种族成见深的机构，宁愿雇用亚裔而不用黑人，而聘任亚裔妇女则有利于达到"种族多元"与"男女平等"的双重目标。我可不讳言本人也搭上了这"顺风车"：我获企管硕士后，被波士顿名气最大的银行聘为投资分析师，发现它刚解雇一位香港来的男士，我正补上这缺；这银行当时并不在亚洲投资，为何专找华人就耐人寻味了。

卞赵夫妇当了舍院院长，指派朗诺和我做南院的附属学人，帮他们和来宾周旋，我方知道如兰并不嫌我话多。

朗诺和我从学生宿舍搬到教员宿舍后，房子大些，偶尔也请他们来吃晚饭。记得有一次 7 月突然来了寒流，朗诺在壁炉生了火，四人围坐在熊熊热火边感到很温馨。另有一次在他们家，已是 80 年代了，陆惠风夫妇也在场，不知谁说中国的房地产松动了可以买卖，一万美元就可买到北京很不错的四合院，大家起哄着要合买一栋，装修了到北京便有地方住！那时到中国去一趟是件大事，说着玩而已，可是偶尔想起还是很懊悔没当真。

朗诺1987年离开哈佛到加州大学圣塔巴巴拉分校教书后，我们仍和如兰保持联络。《赵元任音乐作品全集》（上海音乐出版社，1987）出版，她寄了一本给我们。1996年她和学镛到加州玩，在我们家吃了一顿饭，详情我记不清了，只有照片为证，内除了他们夫妇，我们夫妇外，还有如兰的学生林萃青，以及朗诺的老师白先勇，大家都喜滋滋地眉开眼笑。

我2003年与普林斯顿的周质平教授合作，用英文撰写胡适和韦莲司长达半世纪的友谊和爱情，搜集资料时发现赵元任也认识韦莲司，称她为"胡适与我的共同朋友"，到剑桥便去看如兰。那时如兰和学镛已八十多岁，两人走路拄着拐杖，如兰对韦莲司没有印象，但对我说她父亲和胡适情同手足。胡适40年代有一个时期住在剑桥离赵家不远的旅馆里，在赵家吃饭，如兰说："我总打电话去说'开饭了！'"接着如兰转用英语说："我父亲和胡适不同，胡适是个公众人物（public figure），我父亲是个过私人生活的人（private individual）。"我注意到她厨房里大盘小盘泡着冬菇金针菜等，她说第二天要请二十多个人吃饭。辞行时如兰问我还要到什么地方去，我说要去看韩南夫妇，不远，可走过去；如兰便对学镛说："我们载她去吧！"说着便抓了钥匙促我上车。学镛开车，我坐在后面，如兰转过头来问我："朗诺退休了没有？"我愣了一下，说："他才五十几岁，还没打算退休。"如兰对学镛说："没想到朗诺比我们年龄小那么多！"

149

如兰和我们父母亲的年龄相若，又当过朗诺的老师，我们一直把她当长辈。原来如兰从来没把我们当晚辈！我很诧异她"辈份"的观念居然这么淡。美国人是不讲辈份的，现在看了她《素描式的自传》才了解：她九十多年的生命中，在中国断断续续只有十多年。无怪乎"中国化"了的朗诺，和我这虽然也在美国住了四十多年的菲律宾华人，比她更"中国"。

2007年到剑桥再去看如兰，这次向她要她父母的照片，她有点不放心地把墙上挂的相框摘下来，让我拿去复印。还照片时学鏞午睡醒了，默默地坐在椅子上，膝头盖了被，看上去相当衰弱。

最后一次去看如兰，大概是大前年吧。学鏞已去世，周质平和我的书香港中文大学出版后我寄了一本给她，但我提及书上和她父母亲有关的情节，她便笑眯眯地说："赶快写下来！"回答了她一些问题，她数分钟内又笑眯眯地问同样的问题。我才醒悟她患了失忆症，心里非常震撼，又庆幸她有个幺妹照应她。

相处这么多年，我只听如兰说过小时侯喜欢打小鼓，除此外她从不谈自己，也不谈家人。"文革"时她最亲密的二妹在长沙被当特务抄家监押，她父母亲到北京获周恩来接见等等，我都没听她说过。

我不是如兰的学生，朗诺选过她中国音乐的课止于好奇。她逝世后，先后在普林斯顿和加州大学教书的 Perry Link，在

卞学锧与赵如兰摄于乾陵，1992 年赠笔者

如兰的学生林萃青、艾朗诺、白先勇、笔者、赵如兰、卞学锧，摄于 1996 年

"财新网"英文版（2013 年 12 月 20 日）发表一篇很感人的文章，描述如兰为人师的威严和魅力：

听来也许怪怪的，一个来自纽约上州的十九岁男孩怎可能爱上一个四十一岁已婚中国女人呢？事实就仿佛那样。她在课堂上蹦蹦跳跳，像皮鞋里有弹簧似的，而她讲汉语的声音那么清澈动人，让人非要把汉语学好不可。有些学生背地里替她取了个诨名叫"龙夫人"（dragon lady），但他们弄错了，她不是凶而是严谨，如果你的"喝"声喉音不够，她便命你反复再说。

有所谓"严厉的爱"，别人感受到的是"严厉"，而我感受到的是"爱"，班上不止我一个，另有个大二生……和我同是如兰迷，下课回宿舍途中我们便游戏般，使尽所有的词汇用汉语交谈，可惜我早已和他失去联络。

除我之外，跟如兰开始学汉语日后成教授的包括傅高义、魏斐德、黎安友……

到了台湾最令我错愕的是没有人讲像如兰的汉语。我不是指大多数人说闽南话，也不是指他们讲汉语时带有很重的南方口音……而是没人讲得像如兰那么鸣钟似地清澈，而我以为"汉语"就该是那样子，恨不得要如兰到台湾纠正所有人的发音；那当然不可能，写信向她请教应怎么办，她回信说："坚持按照我教你的这么说。"

……我博士论文写二十世纪初上海通俗小说的兴起，

把论文献给如兰。别的研究生——恐怕我研究院的导师们在内——都很诧异，他们目中她只不过是位语言教师……但我深感若不是她把我汉语教好，我根本没法了解中国文化……

我搜集胡适与韦莲司的资料时，曾把杨步伟的《一个女人的自传》与《杂记赵家》以及《赵元任早年自传》草草翻过，主要是想摸清楚他们几个人之间的关系。最近重读一遍，这次想了解如兰的成长环境。

杨步伟真是个奇女子，1889 年生长在南京一个复杂的大家庭中，三十四口人加上佣仆与为数不少的长客，住在一百二十八间的大宅里。她九岁时家搬到延龄巷宅院就更大了，有网球场、竹林、照相暗房等。她祖父杨仁山是金陵刻经处的创办人，虽然信佛，思想先进开明，暗地里赞助革命；杨步伟两个姐姐和二姑母不愿嫁人，祖父不勉强她们，各分了田地，这在当时社会简直是不可思议的。但杨步伟出生时祖父在英国做参赞，祖母作主把她过继给了仍没有孩子的二房，又指腹为婚把她给大姑母做媳妇，只贪图让自己的女儿和娘家添加一层关系，杨步伟的生母舍不得也只好吞泪依从；于是杨步伟一出生便有一大堆人争着宠爱她，偏偏她淘气好动，不爱女装爱男装，大家叫她"小三少爷"；我们现在读她的自传会感到她小时简直是贾宝玉再世，却样样都反过来，而在这大家庭中最呵护她的不是祖母而是祖父。

杨步伟从小把自己定位为"讨厌精"，对自己聪明能干非常自豪。且看她的表白：

> 我脾气很躁。我跟人反就反，跟人硬就硬。你要是跟我横来，我比你更横；你讲理我就比你更讲理。我最爱替受欺负的人打抱不平。我看见别人有不平的事情，我总爱去多管闲事。(《自传》，一)

> 我到今天也学不会外国开会式的交际谈话，非得等一个人一串话说完了你才能说，等轮到我说时我早把我要说的话忘记了。并且碰到个贫嘴的人你不打他的岔怎么止得住他呢？(《自传》，八)

> 原来我一小，祖父一有东西分时总喜欢叫我来分，因为我总给分匀了……你知道一个小孩子别人越拿他当大人他就越做大人。我被他们这样以鼓励，就更起劲做。(《自传》，十)

她十九岁获祖父的支持写信去把和表弟的婚约退了。辛亥革命后南京政府成立，有五百多员的半文盲"女子北伐队"不知怎样打发，革命军就建立学校给她们受教育，请杨步伟去当校长，于是才二十岁的她便当了校长；校址设在一所大宅院里，前面归学校用，后面归一位军长用。不料军饷发不均学校被叛军包围，杨步伟解围有功，二十八个为首的叛兵正法时就请杨步伟监斩；她看着他们一个个被砍头，因没有辫子了，无法挂就用一个耳朵钉了挂在大门口两边。

杨步伟没辜负她祖父的厚望，他过世后家里许多事都靠她解决和摆平。1913 年张勋攻打南京再抓革命军，那军长逃命，把妹妹和两个儿子交托她带到日本。她在东京大学女医学校以优良成绩毕业，除学了日语德文外，还学会自己烧菜，她父亲去世四十二天应由女儿送酒席上祭：

> 我说让我自己来做一桌二十四样孝菜上祭，大家一听了哄堂大笑……大姑母和一个本家舅舅嘴最尖，说，对了，你做的菜只好请死人吃……我再用这个加那个，那个加这个做出一大些叫不出名字来的菜……上过祭以后大家都来尝尝，非常的好……结果我母亲忙的分菜，一共分成四桌，全体坐下吃着夸着。大姑母第一个佩服倒了，从此只夸不骂了。(《自传》，二十八)

杨步伟和赵元任结婚后，放弃了和另一位女医生在北京开的医院，跟随他到麻州剑桥住了三年。赵元任 1925 年到清华教书，她开了诊所提倡节制生育；赵元任到华盛顿当清华留学生监督，两人又又在美国住了一年多；途中到欧洲玩了一年才回国。1937 年中日战争爆发后，他们辗转从南京、长沙、昆明逃难到美国，自此在美定居。她热心公益，常带头替中国赈灾募款，赵家成了个留美学人的活动中心。

温文尔雅的赵元任比杨步伟小三岁，怎样爱上这位女强人，如何能忍受她刚烈的性情，是个饶有兴味的问题。

《赵元任早年自传》大半是本来用英文写的，去世后1984年由台北传记文学出版。我们读了知道他小时随做官的祖父到处搬家，十一岁父母双亡，被亲人呵护着却没什么人管，过惯优裕的生活；十七岁获庚子赔款公费留学，在美国十年，先在康奈尔大学读数学和物理，再到哈佛念哲学，到处受教授们器重。

赵元任一向面临最大的难题就是可任他选择的太多了。他说他读完博士后，"不晓得做什么、到哪里去，不论就地理、国别而言，抑或就学术及感情而言。我获得哈佛谢尔登旅行奖学金，就该从事研究哲学，可是我却浪迹天涯而不作有计划的旅行。"他到芝加哥和加州"浪迹"了一年，犹豫很久才决定接受康奈尔的聘书去教物理，第二年请假到中国去，主要为解除长辈替他定的婚约。

相信聪颖过人观察力超强的他，不免有点自满，但对人对事还是习惯性地毕恭毕敬的。遇到杨步伟，他发现中国此时居然有这样有趣的漂亮女医生，总做些令人惊讶的事，向陈规挑战，却又洞悉人情事理，完全可以和他分庭抗礼，跟她在一起他永不愁沉闷，便把她当旷世珍品欣赏，甘愿让她占上风，以她为傲。

赵元任大概亦是杨步伟平生第一个让她心悦诚服的人。他偏于客观而抽象、含蓄、被动、怕事，这都是自己承认的；而她主见很深、伶牙俐齿、果断、最爱兴风作浪；两人却能互相尊重，相辅相成，不啻成立了个终身互慕社。

赵元任在中国这一年不但解决了婚姻问题，还解决了他的文化认同问题，更解决了他一生专业的问题。杨步伟写道：

> 他早已美国化透了……可是出了一件事情使他永久在中国了，就是人不在中国，精神老是在中国了……赵元任找到了他的本行，找到他本国。因为他找到了我。（《自传》三十三）

她说她丈夫因她而找到"他本国"有佐证：和胡适一样，赵元任许多价值观是在留美期间形成的，常感到有需要向朋友坦白交代他"以前的我"怎成了"现在的我"，是否背叛了当年的理想。胡适写信给韦莲司交代，赵元任起初也勤写信给韦莲司，后来干脆用英文写公开信发往中外友人，印数达数百，用绿封面装订，叫"绿函"，加州大学伯克利校区 Bancroft 图书馆赵元任档案里保存了他的"绿函"与他寄给韦莲司的信。他1921 年 4 月的"绿函"说：

> 我仍"美国化"吗？如果"美国"代表西方文明的话我仍旧是的，但很奇怪，我回来马上感到在"中国"和"西方"之间，我"中国"的成份还是比较多。我以为我离开美国会惘然若失，但这种感觉并不常发生而且很短暂……我 1910 年不喜欢北京。现在却喜欢北京。屋子里有

暖气便不感到冷……我写上次的信时，可以说是以前的我，为了和人相处好往往蒙上保护色。我以前听不懂人家说"盎格鲁－萨克逊的虚伪"，因我自己也有点"盎格鲁－萨克逊"，但我最近变得比较"中国"，因此您必须把我当为一个有新想法的新人看。

写此信时他已决定和杨步伟结婚。

赵元任自传里说他中学时代便决定做个"世界公民"，从小到处漂流的他，以为四海都可以为家，但相信也感到仿佛无根浮萍似地无所适从。他现甘愿让在中国文化土壤中根深蒂固的杨步伟像一条线拴住他，让他不致离地面飘得太高太远。套胡适的话说："宁愿不自由，也就自由了。"

他1918年曾写信给韦莲司说他独自在麻州乡下山水间漫游，竟忘了身在何国何世。1921年8月婚后回韦莲司的信说："你问我幸运的妻子是否会跟我一起到剑桥，应该说她幸运的丈夫跟她在一起才对。可惜我讲英语的朋友们将不易理解我这句话，因为她的思考和表达方式都是中国型的。"

结婚已四年后的1925年发自巴黎的"绿函"道："我是不是在情网中？是，即使我已结了婚。跟谁相爱呢？自然是我的妻子。"又说："我对人对事最厌恶的是什么？就是陈腔滥调和虚伪。"世界上大概很难找到第二个人比杨步伟更不虚伪更少陈腔滥调的了！

然而，杨步伟说赵元任因她而找到他本行却言过其实。赵元任从小便喜欢学各地方言，留学期间常和胡适讨论中国语言问题，如怎样让全国人民有共同的语言，怎样改革文字消除文盲等，有文章在《中国留美学生月报》上发表。他在哈佛就开始选修语言学，1920 年到了北京恰巧"国语运动"如火如荼，但什么是"国语"大家议论纷纷，他被选为教育部国语统一筹备会的成员，马上把研究汉语语法，统一"国语"发音视为己任。

杨步伟又说赵元任不回康奈尔而到哈佛教书，目的要在哈佛进修语言学，和赵元任的说法不同。他自传里说理由是康奈尔医学院不在绮色佳而远在纽约市，而哈佛的医学院就在附近，便于杨步伟准备在美国从事医务工作，但因她怀了孕作罢。两人说法不一，可能反映他们夫妻间罕有的分歧。杨步伟在《杂记赵家》里（第十九章）说他们共同生活数十年最大的争吵，便是赵元任一到美国就要她学英文而她不愿学，觉得日常生活能应付就行了，可见杨步伟没打算在美国扎根，过了三年她便催丈夫回中国。

父母亲密无间，往往会令儿女感到自己是外人，何况母亲事事逞强，作为长女的如兰首当其冲；杨步伟在美国仍我行我素，不时用她文法不通的英语奚落人，必定让如兰这做女儿的也会感到尴尬，对这母亲的感情更复杂。

杨步伟的《中国菜怎样做怎样吃》（*How to Cook and Eat in Chinese*）是 1945 年由赛珍珠第二任丈夫创办的 John Day

Company 出版的，著者虽说是杨步伟，其实付诸文字的是如兰：母亲讲，女儿录，而经如兰编撰修润成书。序里有一段坦直地谈她们母女相处不融洽：

> 写这本书，我不知道骂了如兰多少趟，她回我，两人又争执不休，如果不是无数好心的朋友劝阻，我们母女关系早就完全破裂了。诸位必定了解新式女儿和我们这些自认为新式母亲间的纠葛。何况我们两人饮食、烹饪、讲话、写作的经验都不同。幸亏完成最后一章我们和解了，我现在可趁机告诉读者此书所有的长处都应归我，所有的短处都归如兰。

这食谱很特别，有赵元任的脚注，大多解释一个名词，但有些则是他跟杨步伟近乎打情骂俏地抬杠。

食谱非常畅销，英语因而多了个常用字，就是 stir-fry，之前英语只有"烤"和"炸"，而没有"炒"这动词。赛珍珠又鼓动杨步伟出《自传》，这次杨步伟写，赵元任译成英文，1947年便出版了，到 1967 年才有台北传记文学的中文版，中文版和原版间有些出入。此书讲到她和赵元任结婚，只有几处谈她的女儿，呼名提及如兰的只有一处：

> 前些年我的女儿如兰慨叹婚姻与事业不能两全，我就骂她净背些陈旧俗套的成语，从旧思想里如何能有新眼光

呢？并他（她）自已也不用着愁，因为那次的话说了没有
多久他就结了婚了……（《自传》，三十四）

传记文学 1972 年又出了杨步伟的《杂记赵家》，讲到赵元
任退休，写得实在说不太好，本来是在《传记文学》杂志上连
载，想到哪就写到哪，而且自圆其说的心态甚重，自己也承认。
序里提到预备出英文版，结果没实现，理由很明显：除上述的
短处外，中文读者对陈寅恪、傅斯年、徐志摩、金岳霖等人物
和赵元任本身本来就感兴趣，对英文读者来说则是一大串陌生
的名字；她有时又用不屑的口吻介绍欧美风俗习惯，更不易讨
好；而许多能令中国读者会心微笑的细节，英文读者也不可能
领会。

此时杨步伟已八十多岁，谈到已届中年的女儿笔触婉转些。
她坦承自己不爱带孩子，如兰主要是由父亲带大的；说如兰儿
时淘气，但赞她每次到美国学业很快就赶上了。美国 1941 年参
加盟军作战后学镛加入海军陆战队，杨步伟对如兰怎样于学镛
入伍前夕和他订婚，在他退伍前不声不响安排好婚礼让他惊喜，
有很有趣的叙述，却有一段透露她们母女间的竞争：

（檀香山）中国城发起开国语课……结果请了我和大女
如兰两个人去教了……年老的学生在我班里，很多年纪比
我大，还有孙中山先生的朋友呢。年轻的在我大女班里，
也是年纪比他（她）大，因为他那时才十六岁。因为他的

国语实在好，又是天生的教书匠。他很知道怎么教法，就是有时常到我班里来抗议，因为我的声音大，往往他的学生不听他讲而竖起耳朵来听对门我在讲和教，他就来请我声音小点，免得两面混乱了。（《杂记赵家》，十二章）

我寻找胡适资料时，在中国社会科学院档案里发现一张四人合照的相片，除胡适和儿子祖望外，有位潇洒的年轻人和位穿白衣的中年女子，我怀疑那女子就是胡适 40 年代的护士与情人，而小子是胡适好友金融家徐新六的儿子徐大春。徐新六 1938 年乘的飞机被日军轰炸身亡，胡适和当时在上海办保险业的美国人施太尔（C. V. Starr）负起监督徐大春受教育的责任；后来徐大春成了施太尔的左右手；施太尔无子嗣，设立了个庞大的慈善基金会，徐大春多年任其会长，造福各地教育机构，包括冠 Starr 名的哥伦比亚大学东亚图书馆，以及加大伯克利校区的东亚图书馆。我到纽约拜访久仰大名的徐大春，他老先生健谈得很，呵呵大笑说我猜的一点都没错。谈到赵元任，他说他 40 年代有个暑假在赵家住，赵伯母很喜欢他，常要他陪她去买菜，但喜欢骂人。他亲眼见到费正清夫人费慰梅（Wilma Fairbank）到赵家赴宴，受她奚落没吃完就含泪离席——这费正清夫人也并不是轻易让人欺负的——"可怜如兰长期活在她母亲的影子下。"他感慨地说。

赵元任是个明白人，我们读了如兰的《素描式的自传》，就知他完全了解杨步伟的脾气大大压缩了孩子们的空间，刻意为孩子开辟另一个园地，是杨步伟没兴趣侵入的，这园地就是音乐。所幸四个女儿都有他的音乐基因，尤其是长女如兰。

从《素描式的自传》叙述的另件事里，也见得赵元任确是位不平凡的父亲，他1938年决定携妻女赴美避难，为帮助女儿练习听英文，在昆明每天读一段马克吐温的《哈克贝利·芬历险记》给她们听。这部书关于一个被父亲虐待而逃家的男孩，遇上一位偷跑出来的黑奴，两人相濡以沫。此书在当时是具争议性的，内有不少粗话，而且暴露美国社会对黑人的残酷，并不是一般父亲替十来岁女孩选择的读物。

《赵元任音乐作品全集》附了如兰本来用英文写的《我父亲的音乐生活》，说赵元任有个爱吹笛子的父亲和会唱昆曲的母亲，自幼受音乐熏陶，到了美国又正式学和声、对位、声乐和作曲，还学了几年钢琴。他在康奈尔时把《老八板》和《湘江浪》改编为风琴曲，曾由该校的风琴师公开演奏，他1928年出版的《新诗歌集》收集了替刘半农、胡适和徐志摩这些朋友的新诗谱的曲，常采用中国传统音乐词汇。如兰说她父亲晚期的作品把东西方音乐的特色成功地糅合了。

这《全集》也附了《新诗歌集》原序，讨论国乐和西乐的同异，替中国诗配音乐应怎样处理平仄和平上去入等。赵元任说他写的歌曲预料中国人听了仍感到它是外国音乐，而西方人听了则会觉得它不是中国音乐，因为他们认为中国音乐是只用五个音阶，全篇用传统和声的东西；但"我们不能全国一生一世穿了人种学博物馆的服装，专预备着你们来参观"。他说要看音乐好不好，就问和它长期相伴会不会仍觉得它可爱、温暖、生动。

如兰继承了她父亲对节奏、旋律和音色特别灵敏的触觉。读了《素描式的自传》，我们就知道音乐成了她和这位不多说话的父亲间的共同语言，也成为她探索四周复杂纷纭的环境的管道。透过音乐，她可以撇开心烦的政治，领会家里老妈子和街上贩夫走卒的心情，流离失所难民们的苦痛，到前线冲锋陷阵的军人的感受，以及欧美人的情怀；对她来说不管局势如何，谁是谁非，这些情感是真挚的，而反映真感情的音乐都值得珍惜。于是她有机会便搜集民间音乐，试图厘清各种流派，探讨音乐跟日常生活、跟戏剧的关系，从而扩展了中国音乐研究的领域。

《素描式的自传》是如兰为《中国音乐研究会学刊》(*Journal of the Association for Chinese Music Research*) 创刊号写的。如兰和她的学生以及她学生的学生，便是这学会的主要支柱。这篇很长的"上文"没有下文，而且说是自传，很大程度上还是写她父亲。

记得我和如兰谈到胡适时，她突然说她父亲和胡适不同，是个过私人生活的人。我当时很不以为然，心想："令尊在许多人眼中亦是个公众人物！"现在才领悟这是如兰替她父亲的定位，也是替自己的定位。只因如兰是赵元任的女儿，人们对她有太多的"想当然"了；身世显赫的她，能够远离是非过平实的生活实在不易，多少名人子女被毁了。其实她的处境很复杂，说也说不清，而且一不小心就仿佛是炫耀。她不谈自己是一种保护色，防止自己成了他人各样投射的产物。

如兰没有她那一代女人常有的心计或浮躁，因她没有那种需要，她尽可以安心生命的筵席上有她的座位。是的，如兰是个命运的宠儿，但她执意不让自己被惯坏。她的作风和她母亲恰恰相反，却可以说体现了她父亲心目中的理想音乐——糅合东方和西方的特色，和她在一起长久觉得她可爱、温暖、有生趣。

附录：

素描式的自传（赵如兰　撰　陈毓贤　选译）

我一生在美国和中国之间穿梭不知有多少次，没想到我三十多年来的家，竟在剑桥离我 1922 年 4 月 20 日出生的奥本山医院仅仅两条大街。我出生时父亲是个年轻哈佛讲师，教哲学和中文。我取名如兰，因兰是我母亲的乳名……我两岁时，妹妹新那只有一岁，父母亲为要回中国前到欧洲各地旅行，便把我们寄托在个住巴黎的法国人家看顾。听说我们这两个小孩到了北京仍只会说法语。

做我父母亲的女儿有时确实不易，却从不会觉得沉闷。父亲到中国各地做研究，作田野调查、教书，又数次到美国。我们在中国除了北京的清华园外，住过上海、南京；中日战争时则逃难到长沙和昆明，马不停蹄。我们一家人很亲密，但到处需适应新环境，有的地方学校用英语，有的用汉语（法语早忘光了）。我大二入雷德克利夫学院（当时是哈佛的附属女校，后来合校）之前，在中国上过六所学校，在美国上过五所学校。

我父母两人的性格都很突出，相遇之前各已有多彩多姿的生活。他们各写了自传……我和我的妹妹们常遇到一些对我们父母行踪比我们更清楚的人。最令我难堪的一次是南京入中学口试考官问起我父母，我报上父亲的名字，他马上另眼相待，但突然诡异地笑问："你知道你父亲这一刻在什么地方吗？"这可不简单，数天前我忙着准备入学考试时父亲刚刚出门，但到什么地方我不清楚，后来才知报上有报道，只好低声回答："不知道。"考官转身大声地对坐在他旁边的同事说："赵元任到惠州考察方言去了。"他也许借此向我和他的同事炫耀他消息灵通。不知是否因此我口试没通过。

因常搬家的缘故，也因我父母付不起学费，我很少有机会正式学钢琴……然而父亲总想法子让我们家里有台钢琴，只逃难时在长沙和昆明没有。我和新那很小就学会看五线谱，好玩地弹琴自娱。我弹得像点样子后，便常和父亲四手联弹简单的曲子。我们从小也常一起唱歌，有时父亲伴奏，更常的是他和我们分两部或三部混声清唱。舒伯特是父亲最钟爱的作曲家之一，但我们唱的大多是他自己谱的歌曲。他随身带了小本子，里面都是要让我们分部合唱的歌；在家里或在户外没事时，他便把笔记本拿出来和我们一起练唱。我记得有一次我们三个人到北京邮局等一份挂号信，坐在板凳上便看着笔记本上的歌谱唱起来。当我两位小妹妹来思和小中可以参与后，父亲便写较复杂的歌曲让我们练习。父亲在美国漫长的高速公路开车时，也和我们唱歌消磨时间。回想起来，他对我们的音乐教育是很用心的，虽然看似玩玩而已。他很少对我们训话，总婉转地引导我们学新东西，譬如他会把新买的乐谱放在钢琴上，让我们自己学。我们弹错了他会突然出现替我们改正，话总不多。

从 1925 到 1929 年我们在清华校园的一些生活细节，我至今记忆犹新……王国维也住在附近，我们看着他坐黄包车出入南院，便在背后偷叫他"王小辫"，因为他民国时代还留着辫子，不肯和别人一样把它剪掉。有一天我们听到他竟投湖自杀了，母亲被叫到湖边抢救却已来不及。她回到家唏嘘不已……离南院不远有条铁路，我们很少注意它，直到一夜铁轨上载军火的车厢着火爆炸了，惊醒了我们，窗外整个天空通红，第二天早上便目睹伤者被抬到校内的医疗室。

还是谈较愉快的事吧：我六岁时，迷上了个比我大一岁的小男孩，他可以说是我第一个男朋友，名叫王元化。我五十年后在上海和他又相见，他成了有名的学者和作家。

因父亲的兴趣所趋，我们姊妹幼年听的是西方古典音乐，偶然也接触到传统中国音乐。最早记得的是《小白菜》，是从街上的玩伴听来的。这首歌很悲哀，关于一个叫小白菜的孩子，母亲死了被后母虐待。我们邻居中有些妈妈认为此歌不吉利，不准小孩唱。我母亲不阻止我们唱，但告诉我们有些妈妈不喜欢听它。这首歌只有四行，每行有四个字，我们唱完一行便停一拍，这也是中国四言诗的通常读法。我后来明白父亲为什么替也是四言诗的《卖布谣》谱曲时用 5/4 拍。

我记得跟女佣也学了一些歌，包括一首开头是"我家有个胖宝宝"，用的其实是很有名的《苏武牧羊》的调子。我还学会唱《孟姜女》，相当凄惨，关于一个女子的丈夫被征去建长城，从此就没回家。新那和我这时候也不知从哪里学来一首关于紫竹笛的歌，连我父母都喜欢跟我们一起唱……

当时中国的大事当然是日军侵入华北……年末最令我难忘的是徐志摩飞机失事。他是我父母亲密的朋友，常来我家打麻将。他写诗和话剧，父亲替他的《海韵》谱成一首大型合唱的歌曲，至今仍常有人演唱。徐志摩乘机到上海前一夜在我家，大人打麻将时我在父亲的书房发现小飞侠彼得潘的中译本，坐在父亲书桌上读了起来。徐志摩走进书房拥抱我数次说，"小朋友，我明天要走了，你会想我吗？"我沉迷在书中只觉得他讨厌，把他推走。第二个晚上父亲便接到电话说徐志摩死了。

……我们 1932 年起有一年半在美国……老师讲到世界各地文化，教我们学美国印第安人随鼓乐跳舞；她还写了一首关于北欧的维京人的诗……父亲替这诗谱了三部合唱的曲子，让我们在家一起唱……

我们 1933 年秋回中国，我在上海觉民小学上了一年便毕业，随即搬到南京……我学会打小鼓，常和同学们参与各种和爱国活动有关的游行，记得一次是庆祝蒋介石大元帅的五十岁大寿……我在学校的成绩最多差强人意，很多科目都不及格要重修，但课外却非常活跃，尤其喜欢话剧和各种音乐节目。明德中学教音乐欣赏的老师是杨嘉仁，热情活泼，令我憧憬当音乐教师（60年代的"文革"中，他是上海音乐学院十七位自杀的教职员之一）。这期间中国兴起各种教育革新运动，父亲常被邀参与制作提倡儿童和成人教育的歌曲，歌词多是当时的教育和政治名流写的，如陶行之、吴研因、陈果夫等，风格和父亲20年代所写的艺术歌曲不同。父亲在家仍不断写些二部或三部合唱的歌让我们唱。他1934年带我到上海百代公司（Pathé Recording Company）录《小先生歌》，有钢琴伴奏，大概我未经训练的声音恰恰适合灌此教育唱碟……

我们在长沙短短的五个月，是我一生中很重要的阶段。我侥幸进入周南中学，照例参加各种课外活动，学校知道我会打小鼓便派我到乐队，我们常到处向公众宣扬爱国。同学们叫我"北方人"，因为我在学校一个聚会上唱父亲写的《我是个北方人》，曲子便是他多年前在美国替"维京人"谱的，新词则表扬在北方打仗的军人。我在学校受一位和我有许多共同嗜好的同学的影响，她叫苏琴（音译），也打小鼓，我们一起参加乐队游行，不同的是她在班上是模范生，我便也开始认真读书，有生以来每门科目都及格……在长沙接到消息说我们在南京的房子被烧毁……长沙受轰炸，史语所要迁到更内陆的昆明时，我伤心透了，一生住过那么多地方，最舍不得离开长沙。

169

我们在昆明前后六个月，父亲这期间接到夏威夷大学的聘书。我们在昆明便没上学，在家补习。父亲每天读一段马克·吐温的《哈克贝利·芬历险记》让我们练习听英语……父亲在夏威夷大学教了一年后，在耶鲁又教了两年，我们搬到纽黑文，我在小山房中学读毕业班。父亲仍然设法继续我们的音乐训练，有一天开车带我们到纽约城里第三大道的一家卖便宜二手乐器的当铺里，替我们挑选了小提琴、双管、小号、大提琴，虽然都相当便宜，但当时对我家来说是笔可观的投资。父亲让我们随意玩这些乐器，新那却照旧弹她的钢琴，小中拉了一阵子小提琴，又恢复弹钢琴，来思却努力不懈地吹起双簧管来，结果吹得很够水平。我起初对小号有兴趣，大概因小号往往是和我以前打的小鼓一起演奏的。我照说明书吹了一段时间，搬到剑桥后才比较认真地学大提琴……

我大学第一年在康州大学念……父亲 1941 年到哈佛教书及编字典，我便转学入拉德克利夫学院，先在哈佛暑期学校选了一门数学和一门音乐课。我虽然长年浸淫于音乐，但一直假定以后将从事数学或某些科学的专业。虽然我父母没有明示，但我总觉得这是他们对我的期望。我二妹主攻化学；三妹来思得了数学学士和硕士，虽然后来专写小说；幺妹小中学士和硕士以及后来的工作都和天文物理有关。但暑期学校的音乐教授塔涂（Stephen Tuttle）比教数学的教授有趣，夏季末我便已决定主修音乐。回想起来，我不能说当时对要从事什么行业有个明确的决定，只感到选音乐史和音乐理论，有更多有意思的理念值得思考……

40 年代剑桥的中国学生已经相当多，就有人要组织合唱团。有趣的是：中国历来并没有合唱的传统，但合唱成了各地中国学生最热衷的音乐活动……一个合唱团请我当指挥……合唱团里有个麻州理工学院的学生叫黄培云，约我妹妹新那出去玩，他成了我的妹夫；另有个麻州理工学院的学生叫卞学鐄……他后来成了新那的姐夫……

我 1946 年得硕士学位，修的仍是西方音乐史……那时杨联陞在哈佛教中国历史，是他提议我回研究院攻读中国音乐史的……由于我汉学训练特别差，杨联陞从一开始便用心引导我进入每阶段。我上完数门必修的日文后，他就命我翻译林谦三（Hayashi Kenzo）20 世纪初写的一篇论文，关于一份现存法国国家图书馆里的 10 世纪敦煌四弦琵琶乐谱。林谦三引用许多日本尚存相似的乐谱，杨联陞要我全篇翻译，包括所有的脚注，并尽可能找出中文和日文的原始资料，其中有些我多年后才在别的国家别的图书馆里看到。我花了一学期多的功夫才把翻译草草完成，但这过程却让我受益无穷……杨联陞 60 年代开始便健康欠佳较少开课，但我学术上有什么问题仍去找他。1990 年他去世前数月，我去告诉他我当选"中央研究院"院士，他高兴得几乎流下眼泪……

50 年代初音乐系来了个令人振奋的新教授——甘波斯（Otto Gombosi），是位匈牙利音乐理论家，是系里极少数课后和学生同去校外咖啡馆继续讨论的教授。我选了他的研讨会，另跟他上了个别导读的课，他介绍我看萨克斯（Curt Sachs）的数本书，包括《古代音乐的源起》（*The Rise of Music in the Ancient World*）和《乐器的内在精神与发展》（*Geistund Werden der Musikinstrumente*），对我很有启发，后者对乐器和文化的关系有更深的思考。我的德文比日文好不了多少，花很长时间才把此书看完，但一点都不后悔。他许多观点至今仍影响我，譬如他说音乐往往是怕它消失，或从一个地方迁移到另一个地方时，才会被记录下来的。我感到中国音乐文献不少是这样产生的……从 1958 到 1959 年我得到哈佛燕京学社的奖金在日本逗留九个月，除了学习演奏一些雅乐乐器外，还借机会看文乐木偶戏、能剧与歌舞伎表演……在日本期间我还去了台湾和汉城……有幸见到京剧权威齐如山，他曾教过梅兰芳并当他的顾问。齐如山有一次示范京剧的各种手势，让我用照相机拍摄……

我 1959 年夏从东京途经欧洲回美，第二年交了博士论文，毕业典礼上获悉论文得了 Carolyn I. Wilby 奖，翌年远东系升我为讲师，我在此职位十三年。音乐系 1962 年聘我为访问讲师，教一门有关中国音乐的课。我继续教汉语外，开始尝试教些自己有兴趣的东西，如中国演唱文学，口头文化等……前面提及我小时候在中国并没有机会接触到京戏，现在正可趁机会补上。学鏐早在我认识他以前就会唱几段，男女的角色都可来一手。我们常专门开车到纽约去看京戏。

我大约 1967 年和荣鸿曾（Bell Yung）结识。他当时在麻州理工学院读物理博士，弹得一手好钢琴，是波士顿中国同学合唱团的一员……他得了博士后马上到哈佛音乐系再念个博士，论文写粤剧。他和我自此合作无间，大大小小的事都询问我的意见。这些年来，更多的是我大大小小事都询问他。

（原刊于《文汇报·文汇学人》2014 年 11 月 21 日。《素描式的自传》本来在 *Journal of the Association for Chinese Music Research* 发表，今得荣鸿曾之助翻译，并获 ACMR 允许转载，特此鸣谢）

补正：

赵如兰高足荣鸿曾指出此文第七段有误：如兰不是哈佛大学有史以来第二位女正教授。根据哈佛 2011 年为三百七十五年校庆提供的时间轴，该校 1972 年七百五十二位的正教授中有十四位是女姓。

经作者询问，哈佛大学协理教务长办公室回复道：时间轴是正确的。哈佛 1948 年提拔了一位医学家为第一位女正教授，50 年代另有三位女正教授，这最初的四位正教授中三位是有人为提升当时哈佛附属女校雷德克利夫学院师资捐献了基金而实现的。（雷德克利夫学院 1977 年和哈佛正式合并。）哈佛 60 年代有三位女姓被提升为正教授，1970 年有一位，1971 年则提升了六位女副教授为正教授。1972 年这十四位女正教授中半数在公共健康学院或教育院。

作者清晰地记得如兰 1974 年被提升成正教授时，哈佛校园广传："这样一来，女正教授的数字增加一倍了！"据此便贸然断定她是哈佛第二位女正教授实在太疏忽了。衷心感谢荣鸿曾指正！

荣鸿曾又指如兰的博士论文 1967 年出版后得 Otto Kinkledey 奖，并被美国音乐学学会评选为年度最优著作，当正教授的条件**卓卓有馀**，因此第八段"顺风车"之说对她不公。作者却认为如兰作了十三年讲师突然升为正教授确实和"平权运动"有关。美国各大机构当年若不是备受政治压力，不会赶紧提拔女性和少数族裔，至今大概仍是清一色白肤色男人的世界。有趣的是同一个时间轴显示：哈佛教员俱乐部一直到 1968 年才允许女性从正门走入，不必从旁门进。搭上顺风车并不表示被提升的人不够资格，而是因此前基本上无任何车可搭。作者本人也是"顺风车"的得益者之一。当时引起不少人嫉妒而嘀咕也属实情。盼读者不要误会！

燕园里的单身外籍女教师

　　八九十岁年迈的燕京大学校友，去年4月在北京大学举行了个校友会，庆祝燕大建校九十五年；北大高等人文研究院同一天开了个"燕京大学与现代中国博雅教育传统"研讨会。我以《洪业传》作者身份有幸被邀参加。最让我兴奋的，是听到夏晓虹等教授参与抢救燕大校友的口述历史，而北大领导应允设立一个燕大馆，纪念这曾替中国培育英才的国际学府。

　　回美不久，加州大学伯克利校区中国古代史教授戴梅可（Michael Nylan）邀朗诺和我到她家住几天。我提起此事，她披露她对燕大也深有感情，因她在宾州的布林茅尔学院（Bryn Mawr College）教书时的挚友桑美德（Margaret Speer）曾担任燕大女部主任，戴教授出示她珍藏多年桑美德送她的三本陈旧燕大年刊。

　　朗诺和我摩挲着这些精心制作的纪念品，端详一张张燕大教师的照片：比我们现在都年轻的周诒春、陈垣、马鉴、冯友兰、周作人、郭绍虞、沈尹默、俞平伯、许地山等，还有洪先生谈过的一大堆燕大人物；毕业生除照片外还有简介，各学会和球队也都有团体照。当然，也有散文诗词漫画花絮，如一百三十二名男生理想伴侣标准次第表，班友之头发样式一览等。历经战火和屡次政治运动的浩劫，这些史料国内恐怕不易看到了。戴教授表示她乐意把这些年刊，连同其他燕大史料捐献出来。我写信给北大高等人文研究院的陆胤先生，他马上回复说该院燕大中心很感兴趣。戴教授说桑美德是最令她叹服的人之一，希望我执笔介绍她。

洪业提过桑美德，细节我忘了；倒记得他说他刚到燕大时，图书馆的中文书除四书五经外什么都没有，便说服女院院长费慕礼（Alice Frame，又作费宾闺臣）拨一笔钱出来买中文书。听来女院另有资源，而且还相当充沛的。潜伏在我脑海的一些问题涌了上来：燕大女院（也称"女部"）究竟是什么一回事？为何在燕京大学里自成一体？

到网上一查，发现桑美德有些家书 1994 年出版了，书名是《如钢铁般坚韧：桑美德发自中国北方的信，1925—1943》（*Like Good Steel : The China Letters of Margaret Bailey Speer, North China, 1925—1943*）。我邮购了一本，翻开赫然见到一张照片，标题是 20 世纪 30 年代的女院教员。前排坐着七位女士：国文系的谢婉莹（冰心）、社会系的倪逢吉、英文系的桑美德和包贵思（Grace Boynton）、曾为宗教学院女部主任的伍英贞（Myfanwy Wood）、曾为音乐系女部主任的苏路德（Ruth Stahl）和数学系的韩懿德（Ethel Hancock）。后面站着二十七位含笑的

1930 年代燕京大学女院教员合照：前排右起是：谢婉莹（冰心）、倪逢吉（梅贻宝夫人）、桑美德、包贵思、伍英贞、苏路德、韩懿德。后排右一是文国鼐、左三为博爱理。布林茅尔学院特殊文献部 Speer Family Papers 珍藏

女子，大多是中国人，也有几个白人，我根据别的照片认出左边最后一排左起第三人是生物系的博爱理（Alice Boring），右边最后一排右起第一人是经济系的文国鼐（Augusta Wagner）。大概天气寒冷，许多人裹了大衣。

英美传统的妇女名称一望便知道未婚或已婚。未婚用自己的姓名，冠以 Miss；已婚一概用丈夫姓名，冠以 Mrs.，如 Mrs. 乔治·布什，标志隶属某某人。这习惯经过 1970 年代的妇女运动方才转变。现在有些妇女婚后不改姓名，而且觉得已婚与否干卿何事？照用 Ms. 中国古代婚后的女子名字消失了只剩下个姓，如称某某人妻王氏。燕大 1928—1929 年以及 1930 年的年刊里，已婚女子不论老少都没有本人姓名，中英文都指某某人夫人，1937 年的年刊不列教师而学生皆单身，所以无例可考；时至 2001 年编的《燕京大学人物志》（北京大学出版社），女士虽标明本人姓名，但除个别例子外，若丈夫也是"燕京人"，便把女士的事迹归入丈夫名下，谓夫人某某也曾在燕大授课或是燕大校友，三言两语草草带过。偏偏燕园里成双成对的特别多，做妻子的都吃了亏。

桑美德、包贵思、伍英贞、博爱理、文国鼐都终身未嫁；苏路德与韩懿德也都单身，看上去年龄不小，后来有没有结婚待考。当年燕大女院的领导大多是外籍"老姑娘"，意味着什么？她们是怎么样的人，和学生的关系如何？

桑美德（1900—1997）生长于一个富裕的家庭，那年代宗教在美国人生命中仍占中心地位。她的父亲自普林斯顿大学毕业后，被聘为长老会外差会的秘书长，负责跟派到世界各地的传教士联络；母亲毕业于贵格派的布林茅尔学院，除带大四个孩子外，是美国女青年会的创办人之一，并多年任其会长。贵格（Quaker，也称 Friends）这基督新教的派别很特别，讲男女平等，相信每人内心皆有盏神赐的明灯，应依自己的明灯行事，它没有牧师，许多贵格会做礼拜什么人受激发即可站起说话，没人受激发大家便默祷到散会时刻。贵格很早便排斥种族歧视以及反对军备。桑美德的中学同学到卫斯理学院读大学的居多，她母亲提议女儿也申请卫斯理，父亲却坚持她上母亲的母校，说他特别欣赏孕育了他妻子的那种校风。于是桑美德的哥哥弟弟上长老会的普林斯顿，她和她妹妹则上贵格派的布林茅尔。

桑美德不特别漂亮，长得比一般男人都高，自幼的环境令她自信、朴实、不矫情，深谙各种团体制序，并具有宽阔的世界眼光。燕大校长司徒雷登和她父亲相熟，她憧憬到中国，1925 年得长老会派遣到燕大教英文。

桑美德到了北京第一年住在长老会教士院，学讲中国话，惊讶于教士男女间和国内相比非常不拘束，她和已婚男人一起出游没人见怪。她 3 月 18 日骑自行车经崇文门，街上出奇的肃静，十多具男尸横卧在地上，起初以为有炸弹轰爆，见士兵持枪冲上来才意识到是中弹死的。燕大学生也参加了这"三一八"反帝游行，女生魏士毅惨遭段祺瑞的士兵用刺刀扎死。桑美德带着沉重的心情到燕大参加魏士毅追悼会，回到教士院后听到有人说："该死，这些滋事的家伙！"难过万分。

4月天气转暖，在西郊替燕大建新校舍的建筑师亨利·墨菲（Henry Murphy）打电话来邀桑美德到北京饭店跳舞。她说她对跳舞没兴趣，他就说同吃个晚饭好了，开了一辆轿车来接桑美德。吃完饭该回家的时候，满街都是士兵，全城人心惶惶，回去不了只好在旅馆过一夜。翌晨九点才回到教士院，身上还穿着晚礼服，也顾不了别人怎么想了。

燕大1926年秋在新校舍开学，桑美德搬到校园和一见如故的文国鼐共住一套房，文国鼐除了在燕大教经济外，一边在哥伦比亚大学读博士，论文写上海工厂女童工问题。冰心和在生物系做助教的江先群住另一套房。较年长的包贵思和博爱理则合租了一个四合院，每星期五请这些年轻同事吃午饭。她们六人相聚无所不谈。

和燕大许多女教员一样，她们都是"七姐妹"的校友。美国东岸十九世纪下半叶兴起了七所私立女子高等学府，最早的是瓦萨尔（1861）、卫斯理（1870）、史密斯（1871）和布林茅尔（1885）。博爱理和桑美德同是布林茅尔校友，包贵思和文国鼐是卫斯理校友。冰心燕大毕业后到她老师包贵思的母校也念了个硕士。江先群刚刚自瓦萨尔学成回国，她和冰心不久便相继和燕大教授结婚。

燕大那几年总闹学潮，校方对罢课罢考的基本态度是请教师和学生凭自己良心和意志行事。司徒雷登到处奔跑募款和解难，桑美德办事能力强、立论公允，和各样的人都合得来，很快便成为校政决策人之一。

　　早年燕大在城里时，男女生虽然一起上课，宿舍是分开的，而且女院有些自己的课程；搬到西郊海淀后，司徒雷登便向女院施压，要它完全与燕大合并。女教师以及女院在纽约的赞助机构都不同意。女院有募款和聘任女教师的功用，她们怕若和男院合并，不但财政自主权将丧失殆尽，而且因系主任都是男士，便不再聘用女教师，而女教师会沦为"女舍监"。1928年女院突然收到一笔九万美元的巨款，以修建女士专用的健身楼，条件是要女院和燕大合并，女教师马上表示坚决反对。伍英贞写信到纽约赞助机构道："燕京大学是个实验，尝试体现一种男女之间的理想关系，不止于理论而是要身体力行。这是个教育过程，男女的态度都需革新，不仅对学生而言，也包括教师；不是两方各自而为，或一方被另一方吸取，不是隔离或一统，而是存异求同和谐地合作。当前妇女是弱者，需要格外培植，以让她们有机会发挥潜能，令强者意识到把弱者取消了对他们也无利，扶持弱者将一同活得更好。"

　　1928年燕大元老博晨光夫妇回美一年，桑美德和文国鼐借住他们的房子，可以请客了，男士也可随时来访；博晨光回来后她们搬到燕南园桑美德为单身女教员设计的住宅，三人合住一所，必需时也可六人合住，各人有自己的空间，但共享宽敞的客饭厅，可接待客人。桑美德在家信上说中国女教师一个接一个结了婚，"只剩下我们这些"。她被邀到清华讲男女关系，信上说这题目理应由个已婚的人来讲，但她们都忙着家事。这时政治系的毕善功（L. R. O. Bevan）教授向她求婚，此人五十多岁，剑桥大学法学毕业，妻子逝世多年，中国人都称他为"毕老爷"，和胡适也相熟。桑美德婉拒了他，但两人成了密友。

那时一般中国人民不欢迎外籍教士，有些外籍教士也的确太高傲了，动不动就要本国政府替他们维护权益。桑美德觉得外国人若在中国不满意就应走，不应该和中国人民或政府对抗，而且深感教士在中国没有前途。费慕礼即将卸任，桑美德就力争下一位女部主任非得聘中国人不可，自己则打算回国念博士，但女院和燕大合并的问题悬而未决，重任在身暂时走不了。她在美国休了年假（教士每六年或七年可回国带薪休息一年，各差派的教会规矩不同），1931年秋仍回燕大。日军已占据了东北，女部因仍找不到中国人当主任，只好由三人小组担任。第二年终于聘到做过岭南大学女部主任的司徒月兰来，不幸两年后她便辞职回南开教英文。桑美德对她父母说司徒月兰最大的问题是优柔寡断，不能和几位犀利的外籍女教师抗衡，恐怕很难找得到像金陵大学校长吴贻芳那么能干的人。找不到人接任，桑美德只好代理，同时参与华北长老会的行政工作。她很钦佩那些教士的精神，但深感说教固然重要，更重要的是在日常生活中彰显基督。

在燕大的"七姐妹"校友每年秋季有个聚餐，招待其他在北京的校友，1934年身为卫斯理校友的蒋介石夫人居然也来参加，和大家侃侃而谈，主要讲新生活运动，并说中国需要基督教。桑美德说她没想到自己会为蒋夫人的风度所倾倒。过了两星期，她和数位女教师的燕南园住宅门铃响了，蒋夫人一个人走了进来，说从西山回北京城途经燕大，问能不能借用厕所。她们当然说可以。她迟迟不出来大家就有点担忧，桑美德跑去隔门问她需不需要别的东西，蒋夫人在里面大笑说门锁拉不开了，几个人便把梯子抬到后窗让她爬出来，所幸后院没有其他人。

桑美德做了代理女部主任后，继续替燕大物色适当的人选，但较合适的人都不愿来。最理想的自然是燕京自己培养的人，她家信里说也许燕大有些特别犀利的中年外国女教师，抑制了本土行政人才的发展，屡次想干脆辞职了事。"七七事变"日本占领华北后，桑美德更卸不下这责任了，因燕大升了美国国旗宣布这是美国机构，就靠这面旗不受日军明目张胆地骚扰。司徒雷登曾考虑停校，最终决定替华北青年提供一块自由求学的净土。燕大容纳了申请的学生约十分之一，人数达一千多，是往年学生的两倍，宿舍教室都爆满，学潮倒平静下来了。燕大起初因国内通货膨胀，外国接济的美金相对升值，财务没问题，后期只能苦苦地支撑着。

1941 年 12 月美国卷入太平洋战争，燕大终于停校，不少师生被押入狱，桑美德在内的英美人士受软禁一阵子后被送入山东潍县的外侨集中营。燕大到达后方的师生则在成都复校，而当女部主任的正是桑美德一手栽培的陈芳芝。

桑美德 1943 年被遣送回美后，在她母校附近一所女子中学当校长，做到 1965 年退休。她多年的室友文国鼐做了她的协理。

包贵思（1890—1970）是燕大到达成都的唯一外籍女教师。

她和桑美德不同，是个举止优雅的性情中人。杜荣在《燕京大学人物志》回忆说："……她那清脆悦耳的声音，听着就仿佛沉醉在一种美妙的乐声之中。她的授课方式也非常灵活，在我们学莎士比亚'*As You Like It*'的时候，正值春日融融，阳光明媚，她就带着我们到女生宿舍二元北侧的一座大藤萝架下，让我们分别担任剧中的角色，进行朗读练习……1944年夏天我毕业后就和林寿（燕大国文系）结了婚……结婚仪礼上要有一位家长挽着新娘步入礼堂……当我向她提出这一请求时，她非常高兴地答应了下来。我结婚那天，她一清早就起来，到院子里为我一枝一枝地采摘花朵，捆扎成一大束，让我结婚时捧着。"

包贵思在哈佛的附属女校雷德克利夫学院得了硕士，不单喜爱莎士比亚，对现代派诗人 T. S. 艾略特也很有研究。除冰心外，她还有个很得意的学生，就是杨刚。杨刚本名杨季徽，在燕大读书时就翻译了奥斯汀的《傲慢与偏见》，由吴宓作序，1935年商务印书馆出版。她相继成为《大公报》"文艺"副刊的主编、战地记者、驻美特派员，同时做地下工作，当过总理办公室主任秘书。1957年在"反右"运动中自杀。

冰心1934年写了一篇题为《相片》的短篇小说，原型相信是包贵思。小说里的"施女士"和包贵思一样，是个新格兰牧师的女儿，二十五岁到中国教书；司徒雷登妻子1926年逝世后，贵包思对他有意，冰心似乎也知道。"不但是在校内，校外也有许多爱慕施女士的人，在许多学生的心目里，毕牧师无疑的是施女士将来的丈夫……毕牧师例假回国，他从海外重来时，已同着一位年轻活泼的牧师夫人……施女士的玫瑰色衣服，和毕牧师的背影，也不再掩映于校园的红花绿叶之间……"

小说的转机是邻里一对夫妇去世了，施女士抚养了他们瘦小怯生的孤儿淑贞，和她相依为命。淑贞十八岁时，施女士休假回国把她带了去，叫淑贞看看世界，也减少自己的孤寂，和她住在新格兰镇上施家老宅，附近的神学院从中国来了个李牧师和他的儿子，两位年轻人他乡相遇有说有笑。"时间已是春初，施女士和淑贞到美国又整整半年了……淑贞捧着早餐的盘子，轻盈的走了进来，一面端过小矮几来，安放在床上，一面扶起施女士，坐好了，又替她拍松了枕头，笑着拈起盘子里的一个信封，说'妈妈您看，这是上次我们出去野餐的时候，照的相片，里头有一张是小李先生在我不留心的时候拍上的，您看我的样子多傻！'……看到最末一张，施女士忽然的呆住了！背景是一棵大橡树，老干上满缀着繁碎的嫩芽，下面是青草地，淑贞正俯着身子，打开一个野餐的匣子，卷着袖，是个猛抬头的样子，满脸的娇羞，满脸的笑，惊喜的笑，含情的笑，眼波流动，整齐的露着雪白的细牙，这笑的神情是施女士十年来所绝未见过的……她呆呆的望着这张相片，看不见了相片上的淑贞，相片上却掩映的浮起了毕牧师的含情的唇角……猛抬头看见对面梳妆台上镜中的自己，蓬乱的头发，披着一件绒衫，脸色苍白，眼里似乎布着红丝，眼角聚起了皱纹……淑贞抬起头来，忽然敛了笑容：施女士轻轻的咬着下唇，双眼含泪的，极其萧索的呆望着窗外。淑贞往前俯着，轻轻的问，'妈妈，您想什么？'施女士没有回头，只轻轻的拉着淑贞的手说，'孩子，我想回到中国去。'"

冰心写这小说时包贵思四十四岁，也许是替心仪的老师形单影只青春老去而悲伤。但包贵思看了这小说可能如骨鲠在喉，不吐不快，1952 年出版了畅销小说《河畔淳颐园》(*The River Garden of Pure Repose*)，似乎是对冰心的《相片》的回应。背景是抗战时的四川，故事围绕四十七岁病危只有三个月生命的单身女教士和她三个学生的关系：收容她到淳颐园住的王姓学生是位国民党军医，他曾和"柳"相爱，"柳"则是一位革命意识炽热的共产党地下人员，另有个当日军间谍的英韩混血儿。故事还涉及一位精神濒临崩溃的美国空军飞行员和一位反战的贵格派教徒，同时爱上了一位任性的女郎。女教士抱病替这些人排纷解难。"柳"并不知道女教士寿命不长，在淳颐园生下女婴交托给了她。包贵思似乎要藉这部小说告诉我们，她易于感伤，却也有尖酸俏皮幽默的一面，她省吃节用依然可过得很有情趣；何况世界上有待解决的问题太多了，对她来说生活永不会灰蒙蒙的。

这两个虚构故事中的单身女教士都收容了个中国女孩，现实生活中杨刚 1934 年生了个女儿没法照顾，交托包贵思抚养多年。认识包贵思的费正清，在他 1982 年出版的回忆录《我的中国情结》(*Chinabound*) 里说包贵思对她的学生影响很深，和杨刚情同母女。

曾和包贵思合住的博爱理（1883—1955）肯定是桑美德所

指的犀利外籍女教师之一。博爱理是个很年轻就成了名的生物学家，读完博士到欧洲游学后在所州立大学教书，发表了十多篇出色的论文。三十五岁被聘到刚成立的北京协和医学院教生物，聘约两年，她自此就不甘愿规规矩矩地在美国教书，觉得能在中国培养一批卓越的医生更有成就感。协和医学院是石油大王洛克菲勒的慈善基金会和华北各基督新教教会合办的，洛克菲勒有的是钱，却需要教会提供长期在华服务的人才，以及教会学校培育的学生；最后达成协议，让也正成立不久，华北各基督教会合办的燕大负责预医科。

博爱理本来对传教士没有好感（贵格派不提倡传教，但若有会员觉得有此需要，教会可斟酌资助），到了中国发觉传教士的思想不如她想象中的封闭，而且对独身妇女很尊重，便顺理成章地成为燕大教授。她和燕大签约之前，坚持要协和医学院答应将实验室的仪器全转交给燕大供她教书用。燕大的薪水相当低，博爱理继承了父亲的部分遗产，可以不在乎。燕大学生若想进协和医学院，必须在她的课上表现特出。她教学严谨，学生若达不到她的标准，她会叫到办公室和蔼地提议他们申请别的医学院或转行。和其他燕大教授一样，她常请学生到家吃饭。碰到有学生要到国外深造，更不厌其烦地教导他们一些欧美的礼节和生活常识。她除了教出一群杰出的学生外，还继续发表论文，大多关于中国两栖和爬行动物。

博爱理的传记 1999 年由 Harwood 出版了，是该出版社"女科学家系列"中的一种，书名是《不可小觑的阔妇人：在中国的生物家博爱理》（*A Dame Full of Vim and Vigor: A Biography of Alice Middleton Boring; Biologist in China*）。传记作者参考了分散各地学术机构的资料，采用了她本人的书信、她在哈佛当实验心理学教授的弟弟 Edwin Boring 的书信、包贵思的书信，而且访问了博爱理在美国与中国的一些学生。书中说她爱慕司徒雷登而且对他有种强烈的英雄崇拜，有人看到他们手牵手散步，可惜司徒雷登决意不续弦。根据冰心回复传记作者的信说，某年包贵思休假回美期间，博爱理习惯于星期天晚请司徒雷登来和她单独共餐，包贵思回来后想参与，博爱理表示不欢迎，1934 年终于请包贵思搬出去，很伤包贵思的心。然而包贵思仍感友谊可贵，和她与她的家人保持联络。博爱理 1943 年被日军遣送回美时，已经六十多岁了，但还是在美国待不住，1949 年再到燕大，又和包贵思同住，不到一年对时局灰心才回美，回美后在哈佛附近和她弟弟毗邻而住，离包贵思的住处也不太远。

博爱理爱憎分明，连她弟弟都有点怕她；她在学生中明显地重男轻女，然而传记里屡次引述她称江先群（Freddy, Frederica 的昵称）是"我最要好的朋友"。江先群有没有上过博爱理的课待考，她在生物系做助教嫁了同系清华出身的李汝祺。网上有许多李汝祺的资料，称他为"我国遗传学的创始人之一"，对动物染色体和胚胎发育做出了开创性的成果，这恰恰是博爱理本来研究的项目。江先群必定是个睿智、可爱、事事周到的人，因桑美德在家信上也常常亲切地提到她。

其实这些受过高等教育的单身女子来中国做教士，多少受了简·亚当斯（Jane Addams，1860—1935）的影响。亚当斯来自一个富有的家庭，父亲是林肯总统的好友。她选择不婚，和一位女友模仿牛津和剑桥学生在伦敦东区办汤因比馆（Toynbee Hall），1889 年在芝加哥新移民区创立了霍尔馆（Hull House）。和当地居民一同起居，尝试了解他们的生活，调查他们的健康情况，传播营养卫生知识，办成人教育和孩子夏令营，替他们争取法律权益。美国许多中上人家的女子跟随亚当斯的榜样，在各大城市纷纷设立 settlement houses（姑且译为"睦邻居"）改进弱势族群的生活。亚当斯可以是说是"社会福利工作"的创始人，1931 年获诺贝尔和平奖。她连同后来的罗斯福总统夫人是美国"进步"（progressive）运动的幕后推动人。上世纪 60 年代美国政府设立了"和平团队"（Peace Corps），提供生活费给有志愿到未开发国家的年轻人，让他们与当地人民一同起居，在有限的能力下帮助当地人民提高生活素质，也从中充实自己，可以说是这"进步运动"的回光返照。

英国牛津剑桥学生发起的一个社会实验，居然在美国被一些妇女发扬光大，是有其经济社会背景的。北美的环境对妇女特别有利，地广人稀，源源不绝的新移民男士居多，适婚年龄的女子一向是"抢手货"；再者一直到上世纪 30 年代经济大恐慌，美国基本上是一代富于一代，社会流动性强，故不太讲"门当户对"，女子很少发愁找不到适当的对象而成为父兄的负担。然而长时期以来美国依循英国旧例，把已婚女子视为丈夫的附属品；到了 19 世纪末，就有不少女子选择不婚，要和男人一样受了教育求经世致用，若家有恒产可学亚当斯办睦邻居，不然，也可得教会资助理直气壮地到国外做教士。她们若结了婚，丈夫体贴的话仍可活得很有尊严，但毕竟失去了自主权。

这群自信的新女性在燕京大学并不鼓励学生不婚，但以身作则放开胸怀关心社会，对学生必定有相当的启发。

可惜美国这"进步"风气已式微，经济不振、信心低迷、宗教热忱消退都是原因；另一个原因是平权运动促使妇女就业机会大增，公益不再是女子唯一可以大展身手的园地。4月北大的"燕京大学与现代中国博雅教育传统"研讨会上有人提出一个问题：当前的环境下，可以重建一个像燕京大学的学府吗？我心想别的不谈，西方进步人士已经没有那种冲劲了。

燕大女生约占全体三分之一。去年浙江人民出版社出了本《燕京大学》，作者陈远搜集了各方资料，走访了许多老燕京人，是本非常好的书，但对"女院"着墨不多，本文算是作点补充吧。

（原刊于《东方早报·上海书评》2015 年 2 月 28 日）

一位英国教授眼中的红军

1941 年 6 月 1 日，燕京大学女部主任桑美德（Margaret Speer）写信给她在美国的父母说："我们昨晚有个惊奇，令我现在神志仍没完全恢复过来。牛津贝利奥尔学院院长的儿子、我们的年轻讲师林迈可，是个有点古怪的书呆子，聪明、害羞、不修边幅、友善，但总有点不自在。他晚饭后来电话说要和文国鼎（按：指桑美德室友 Augusta Wagner）讨论些考试的问题……他进门时，我正在桌子上按了个小几子，站在上面修理电灯泡，没察觉他不是一个人来，只听他开口就说：'效黎和我决定结婚。'我转头见他和我们一位毕业班学生手牵手地站在门框里。我的平衡力大概还不错，没摔下来。看他们那么开心，只能由衷地祝福他们，暗地里却禁不住担心。李效黎是个非常好的女子，但对迈可那个充满理念和音乐的世界一无所知，而他对她守旧的山西家庭也一无所知。但他们两人显然已考虑了很久，所以我们星期三将要替他们开个宣布订婚的茶会。我也必须马上去信女青年会，本来安排好让她毕业后到那里工作的。"

桑美德的家书见于《如钢铁般地坚韧》（*Like Good Steel: The China Letters of Margaret Bailey Speer, North China, 1925— 1943*，1994 年出版）。她知人善用，很受燕京大学校长司徒雷登器重，但她把林迈可（Michael Lindsay）完全估错了。林迈可并不整日沉浸在理念和音乐之中，他头脑极其清醒，显得不自在可能因他在日军控制下的华北偷偷摸摸地协助游击队。

桑美德把林迈可和未婚妻李效黎的文化差异夸大，固然因当时异族婚姻很罕见，令她听到一时手足无措，还因她自己虽然中国朋友很多，却仍然觉得中西鸿沟难以逾越。她到华十年后，1935 年有封家信说："中西间有个巨大的心理藩篱……不仅仅是语言问题……我们久而久之习以为常，甚至视而不见，直到有机会和西方来的学生或檀香山来的华人交往，才猛然觉悟没有藩篱时，人与人竟可以如此毫无拘束地沟通。叫我质疑花那么多的精力试图逾越这道鸿沟是否划得来。"有趣的是，林迈可到北京不久便逾越了这道鸿沟。

林迈可多年后写了本回忆录，1975 年在美国出版，北京外文出版社于 2003 年完整地重刊，书名是《默默无名的战争》（*The Unknown War: North China 1937—1945*）。解放军文艺出版社 2005 年出了中文版，书名是《抗战中的红色根据地》。虽然和原著有一点出入，但内涵没变，而且多了些照片。林迈可除提供许多沦陷后华北的细节，谈他在红区的经历外，还分析各方情势，虽不无事后孔明之疑，但因他的视角特殊，颇有参考价值。

林迈可、李效黎和子女 1945 年在延安。詹姆斯·林赛
（图中的婴儿）授权使用

林迈可与家人从解放区刚回到英国

林迈可 1937 年到燕京大学教书途中，恰巧和加拿大医生白求恩同船，引起他对华北地下游击队的兴趣。他第二年春复活节假期便随一位美联通讯社的记者到冀中去察看。他们带了自行车上火车，到保定后，骑车约两英里就到达红区；暑假则和另一位英籍燕大教授，后来当华盛顿大学教授的戴德华（George Taylor）到了聂荣臻的五台山司令部。这时他已会说些汉语，和白求恩重逢，发现白求恩只会讲几句如"开饭"等很简单的中国话，完全依赖翻译员。为了让伤兵不必长途跋涉，白求恩把所有的医药器材减缩到两只骡子可背得动的包裹，以便到前线替伤兵开刀。林迈可见游击队在物质极端短缺的情况下英勇抗日，很受感动，觉得自己也须挺身仗义支持，便和地下工作人员取得联系，利用英美侨民不必搜身的便利，替游击队买医药和电讯零件。他请他的学生李效黎帮他把医药贴上中文标签，两人因而相熟，常留她一起听音乐唱片，进而相爱。1939 年他和教数学的赖朴吾（Ralph Lapwood）连同燕大发电厂的技术工人肖再田以及一位燕大学生赵明，四人假装庆祝中秋到西山野餐，辗转到了山西八路军总部见朱德。林迈可说朱德令他印象最深的是亲和力，让没受过多少教育常自惭形秽的肖再田在他面前谈笑自如。

他说沦陷区和重庆间的交通从未断绝，林迈可从北平坐火车到郑州，步行二十英里便到达国民政府管辖的区域；邮局也照常运作，好比这是另一场内战而已，北平寄到重庆的信六个星期内亦收到。他 1940 年有几个月在重庆的英国大使馆当新闻参事，说日军因不愿得罪英美，轰炸重庆时很留心，敌机飞离基地一小时后才到达重庆上空，一般民众早就听到警报疏散了，英使馆的人员则优哉游哉地坐在花园的防空洞前看书或下棋，看到飞机才躲进去。美国大使馆隔了一条江更安全了，隔岸观火，有些人度蜜月居然特地跑到美国大使馆看烟火。林迈可说英使馆的人大都聪明勤奋，但官僚气甚重，工作效率大不如中共。

他 1940 年秋重回燕大。1941 年末，大家预料美日战争一触即发，司徒雷登计划把燕大迁往成都，叫林迈可开会问哪一些外籍教师愿意经晋察冀边区到后方去，但几乎没人肯去。生物系的博爱理（Alice Boring）说她有一次冬天到了西山，真冷，早上茶壶里的水都结了冰，大家都估计美国数月内便可击败日本，在乡下受罪不如在集中营蹲几个月。愿意走的只有物理系的班维廉（William Band）夫妇以及新闻系的罗文达（Rudolf Lowenthal）。

1941 年 12 月 8 日清晨，林迈可收听到德语广播说美日已开战，司徒雷登恰好不在校，林迈可便和妻子把皮箱塞满收音机零件，开司徒雷登的车接了班维廉夫妇一起直奔西山，罗文达因在授课没联络上。他们在温泉附近弃了车，徒步到平西根据地。次年春到了晋察冀军区司令部，聂荣臻派林迈可和班维廉做通讯组的技术顾问并训练机务人员。他协助军区重建了传播系统，没有电源只好靠手摇发电，李效黎则开班教英文，因用简单英文发电讯比中文省事多了。他们的大女儿在晋察冀军区逃难时出生。

据林迈可看，红军的作战组织有缺点，但供给系统是无懈可击的。人民主要缴粮税，士兵到每个地方凭粮票领粮食，每张够一顿小米饭。每单位的粮票和粮食经查核后才可发下个月的，就是出击时也有条不紊。初冬有冬衣分配，特别寒冷的地方可领取衬了羊皮的大衣，官阶高的还可领到里子是丝绸做的。工资主要用来买水果等零食而已。这制度好处是不必到处运粮，又削减了物价波动的影响，躲过了国民党地区因通货膨胀而士气低沉的情况。

1944 年班维廉夫妇已去了延安，又经重庆回了英国。林迈可带去的通讯零件已差不多用光，觉得他自己在晋察冀边区所能做的已做了，并训练了一批技术人员；他又深感共军对英美可提供许多有利作战的情报，渴望和英美军方联络，便向聂荣臻提议让他去延安。他和妻女由红军护送，冒着寒冬攀山越岭，数次险被日军拦截，两个多月后到达延安，被安排住入窑洞里，受毛泽东和朱德宴请。

他们到延安不久，访问的英美官员与记者突然接踵而至，李效黎便负起翻译的责任，陪这些人到处参观。林迈克又被委派为新华社英语主编顾问。他的儿子在延安出生。

林迈可说国民党官员此时大大错估了红军，并且误信了自己的宣传，鼓励西方人到红区看，以为他们去了会对共产党反感，效果恰恰相反。据林迈可看，美方起初有诚意和延安合作，但送来的机械都不合用，而且反复无常；他说这固然有国民政府从中作梗，但也怪另一方没有据理力争。1945 年日本投降了，中国内战开始，林迈可便携眷回英国。

战后林迈可屡次和日本军官交谈，想了解日军为何持有优越的军事装备却无法有效地控制华北。日方承认1931年沈阳事变是精心策划的，如愿占据了中国东北，但狡辩1937年卢沟桥事变是突发的，日军并没准备发动一场大战，因部队不够，主力用以应付国民政府的正规军，在华北只能防卫大城市和铁路。待1938年攻下武汉和广州后，才把部队调回华北，然而这一年间华北的游击队却已扎了根。日军起初围剿失败，1940年改用"堡垒"与"封锁"双管齐下的策略却相当成功，这战术用于东北也是见效的。林迈可指出这种战术的缺点是需要许多士兵。1943年日本在中国各地已建筑了三万个堡垒，每个堡垒约需二十个士兵驻守，另需大量的后备军随时待命，以便堡垒受攻击时调动。日方没那么多士兵，只好用伪军，就不可靠了。他说伪军和游击队间往往有协议，彼此做做样子，他有个在冀中的学生机关枪坏了，托一位农人向堡垒里的伪军借，等自己的修好再还，伪军答应了，说十天内日本人检查前奉还便可。1943年后日方把主力调到太平洋前方，防线又退到铁路附近。

林迈可还说日本人失败归根究底是不得民心。1904—1905年日俄战争时，日本可理直气壮地说它代表亚洲人对抗西方帝国主义。那时日军对平民和战俘的纪律是有目共睹的。到了上世纪三四十年代，士兵抢夺、强奸、滥杀，无恶不作，引起民愤；战后日本军官也承认宪兵队伍完全失控。林迈可说这是因日军为顾全颜面，不愿惩罚败类，每次有人提出军纪问题总把事情淡化。

与林迈可交谈的日本军官曾自豪地说，日军在华北比起美国在越南成功多了。林迈可答说两者不可相提并论，红军当时一点外援都没有，而且华北冬季特别寒冷，又没有植被掩护，不似东南亚天气暖和到处有森林，对游击战术有利。红军的优势是得到民众由衷的合作。

林迈可的父亲因对英国教育有功，1945 年被封为男爵（baron），他死后林迈可作为长子继承了父亲的爵位，李效黎便成了第一位成为英王室贵妇的亚洲人。他后半生在澳洲以及美国的大学教书，夫妇上世纪 70 年代有一度因批评"文革"被拒绝入境，后来屡次访华，他 1994 年去世后，李效黎到北京定居，2010 年在北京去世。

李效黎虽然来自山西，家人却没有桑美德想象的那么保守，并不反对她的异族婚姻。她的父亲曾在阎锡山手下当军官，哥哥清华毕业后到哈佛念经济，回国在银行工作。她小时候有数年随父亲住在一个偏僻的农村里，和当地人打成一片，又学会了骑马，这对她后来在红区生活倒是很好的预备。她战后随林迈可到了英国，马上根据日记用英文写了回忆录，对红区有很细腻的描述，但 2007 年才在美国发表，书名是《显眼的李子》（*Bold Plum*），是出版史上罕见的译本出现多年后原文才面世的书。香港文艺书屋早在 1975 年便出了中译本《再见，延安》，是董桥译的；1991年上海远东出版社另出了萧宜译的版本《延安情》，很多段落不见了，却多了照片和另一些细节；两者都译得很好，又含些后来"原文"没有的段落。

我和李效黎有一面之缘。戏剧家熊式一的幺女德荑是我的朋友，在牛津长大，跟林家很熟。我80年代初动手写《洪业传》时，德荑问我洪业有没有提到林迈可，我说有，两人关系相当密切，她便送了我一本《默默无名的战争》。我有一次到华盛顿城看德荑，她带我去林家，迈可那天恰好不在，效黎一点架子都没有，朴实近人。效黎大概以为我和德荑一样不懂中文，没跟我说她回忆录的中文版已出版了，直到我最近整理手上的燕京大学资料，和她的儿子通电邮才知晓。

李效黎的原稿听说非常之长，三种版本因时因地因读者不同作了些不同的取舍：譬如香港文艺书屋版以及后来的英文版有一段描述延安时的江青，但说她有心脏病而不常露面，"一点都不像中国一些名人的太座，存心想干涉多管国家大事……"上海远东版就没有这一段。德荑说英文版把原稿许多红区各地食物的论述省略了，也很可惜。

（原刊于《澎湃新闻·私家历史》2015年6月6日，标题为"燕大教授林迈可：日军为何在华北不敌红军"及《东方早报：上海书评》2015年6月7日。原编者按：本文所指"红军"，均来自原文 Red Army）

美国早年汉学家富路德的家世

　　美国的汉学起步比欧洲较晚，可以说是第二次世界大战结束后才真正开始，但 1943 年纽约出版了一部《中华民族简史》(*A Short History of the Chinese People*)，马上赞誉如潮。此书把中国史置于世界史的语境中，特别关注中外物质与文化的交流，胡适评它为"西方语言最优秀的中国史著"，杨联陞亦认为西方对中国的综合论述中它是非常出色的一种，出版后即被译成多国语言。

　　这七十年来世界历经剧变，中国曾天翻地覆，学术风尚亦几度转向，此书 1948，1951，1959，1969 版有些修订，从最初的 260 页增至 295 页，当代史一章有较多的改动，但最后一次重印是 2007 年，现在虽然已经没有当教科书用了，仍有电子版销售，可谓经得起时间的考验。足见作者一开始便能够去芜存菁，心平气和地审视中国历史与文化。

　　此书的作者全名是 Luther Carrington Goodrich（1894—1986），中文是富路德，姓富是因他父亲叫富善（Chauncey

Goodrich，1836—1925），清末到中国传教时，姓名直译了Goodrich。

这让我想起一个笑话，艾朗诺 80 年代到加大圣塔巴巴拉校区教书，是接替富路德一位远房亲戚的位子，欧美人习惯一个家族姓名传代反复使用，他也叫 Chauncey Goodrich，同事白先勇笑着告诉我这温文儒雅的老先生人如其名，又 good 又 rich。

富路德为人相信很低调，没听过他有轶事在汉学界流传，我也不认识他，对他的家世倒相当清楚，因为他有一位住在圣塔巴巴拉的侄女多萝西娅·科里尔（Dorothea Smith Coryell），晚年写了两本书：一本只有打字稿，叫《中国爱的呼唤》（*Love's Call to China: The Story of My Grandmother, Sara Clapp Goodrich*），讲她的外婆，即富路德的母亲，复印了一本给我；另一本讲她自己和家人在中国的生活，叫《小老鼠人在中国》（*Small Mouse Person in China*），因她年轻时在北京常表演一段"小老鼠上灯台"的舞蹈，被邻里的孩子称为"小老鼠人"，排印了送亲友。

富路德的祖先是 17 世纪初在英国受宗教迫害，乘"五月花号"帆船移居美洲的，算是开国望族之一，但世代在麻州西部务农，并不富有；像美国东北一般主流人家，属公理会（Congregational Church）。公理会在基督新教中是比较温和开明的宗派，每地方的会众自组教会，自行表决教条和崇拜仪式，以民主方式推选领导及聘任牧师；特别热心办教育，哈佛耶鲁以及在麻州西部的威廉斯学院等都是公理会教会创办的。

富善受了虔诚的母亲的影响，从小立志做传教士，中学毕业做了四年小学教师储够钱上威廉斯学院，以优异成绩获得学位后，相继在纽约协和神学院及麻省安道弗学院深造。二十九岁得公理会支持，带了新婚妻子前往中国，到达不久遇上华北大饥荒，就和几位教士一边赈灾一边传道，同时在教会学院教书，又在通州设立了个公理会神学院。他平时穿中国长袍，因有语言天赋，又特别勤奋，公认是传教士中北京话讲得最好的人，撰有《中英袖珍字典》和《官话特性研究》。

福善信里说他用一本八种语言平行的大《圣经》。美国较好的中学都教授时髦的法文以及拉丁文，因拉丁文是西方的"文言文"，而法文是个外交通用语言。他在大学里肯定修了19世纪的学术语言德文，也许也选过梵文，因梵文被视为印欧语系的老祖宗，若对比较宗教有兴趣，想研究印度教或佛教的话，更要修梵文。他上神学院须修希伯来文、阿拉米语和古希腊文，因基督教《圣经》本来是用这些语言写的。那时《圣经》已有各种中译本，包括数种方言，1981年各宗派感到应有一本大家可共用的语体文版本，富善受过顶尖的语言训练，官话又讲得好，便被推举和著有《笔算数学》《代数备旨》与《官话课本》的长老会教士狄考文（Calvin Mateer，1836—1908）负责主持此项浩大工程。《和合本新旧约全书》1919年终于出版，正好赶上白话文运动，对推动白话文很有功劳。

富路德的母亲莎拉（Sara）是美国中部威斯康星州一位公

《和合本新旧约全书》经 25 年努力将近完成时，翻译修订小组约 1919 年摄于北京，后中为富路德的父亲富善。Judy Boyd 提供

富路德（中）与其父亲富善、母亲莎拉，以及大姐葛丽丝（右立）和早逝的二姐，1903 年摄。富路德的外甥孙女 Judy Boyd 提供

富路德的外甥女多萝西娅把武术与京剧的姿势融入现代舞，约 1939 年摄。其女儿 Judy Boyd 提供

理会牧师的女儿，她两个姐姐当过教员，婚后就专心顾家了，还有一个姐姐中学毕业就结了婚。莎拉则到石渡口女子学院（Rockford Seminary for Women，是 Rockford University 的前身）读大学，不想结婚，梦想周游欧洲各国，快毕业时听闻教会需要一位单身女士到中国张家口向妇孺传教，感到自己蒙了"呼唤"，求上帝给她一个征兆证实。后来办社会福利而获诺贝尔奖的简·亚当斯（Jane Addams，1860—1935）在此校比莎拉低三班，有个同学不小心把化学品溅在身上着了火，她们两人都在场。亚当斯手足无措，莎拉则马上抓了床被把同学裹住灭了火，过后庆幸自己有能力随机应变，深信这就是上帝给她的征兆。家庭富有的亚当斯本来看不起这所学校，一心想到东部的史密斯学院念医科，无奈父亲不准，经此事也作了反省，检讨自己精神涣散，应该在任何环境下都须正视现实努力上进。1923 年六十多岁的亚当斯环球讲演到了北京时，两位老同学曾有机会重聚。

莎拉到中国的决定遭受父母反对，母亲不放心她一个单身女子到没有西方医疗设备的地方居住，父亲则觉得她生性爱交际，不宜到偏远地区，并且相信《圣经》里《启示录》的预言——世界末日——快应验了，不必多此一举。她说服父母的信上说：

> 你们反对的理由都在我预料之中。依我收自张家口的信看，那里的人是很可亲的。父亲说我爱与人交往，怕我

找不到谈得来的朋友，那么我应该打听在那边服务的传教士究竟有什么人，是否会和他们合得来。如果我去的原因是我在此交不到朋友，郁郁不乐，我到那边也必定郁郁不乐。其实我在这里很快乐……父亲信上说耶稣就要来，不用传教了，我读了不禁失笑。他若有机会和我一起听课，就会知道这完全是无稽之谈，就不会把这当为藉口……也许你们不相信我宁愿单身到这异教（heathen）国度。事实上我生性不爱依赖别人，爱独立。男人一般都不喜欢有自己想法的女子，不喜欢受妻子挑战，而要妻子全然信他，才感到自己是大男人；最喜欢女子需要他呵护，以他为主，而不喜欢辩驳他的——除非他乐意让妻子带头，依赖她，以她为荣，这种情形很稀罕，我在这镇上只见过一例……我并不讨厌男人，有些男人我很敬佩，但从不觉得有任何一个与他共同生活会特别快乐。我坚信上帝造我这样子是有旨意的。

Heathen 常被译为"异教"，其实和现在"邪教"这字眼比较相近，有很重的贬义。莎拉的姐妹说她们最看不惯一些传教士的寒伧相，她就应允她们她在中国每晚必定把头发用夹子卷起，天天打扮得漂漂亮亮。

莎拉"天生我才必有用"这意念到了中国很快便受挫。来自美国中部小镇的她，不习惯中国街道的喧嚣，到处都是各种不可名状的气味；出门常有一大群乞丐跟着她呼叫："洋鬼子!

洋鬼子！"买东西时须讨价还价，生恐被骗；而中国妇女在教堂里唱圣诗居然是大声喊的，对传教士的一切非常好奇，问她为什么她头发是卷的，穿什么内衣，却把她当为异类，不留心听她要传的信息。中国人让她赞赏的，唯有尊老的态度和穿的绫罗绸缎。唯一令她感到安慰的，是自己凭有限的医药知识治疗了几个中国孩子的小病痛；北京使节人员入时的装束却让她羡慕不已。

我们读19世纪和20世纪初的中外传记，往往惊骇于当时的人动不动便夭折或早逝——因医学没有现在这么昌明，青霉素和抗生素尚未发明，人口却已经很稠密了，时疫常卷席而过，妇女死于流产或产褥病更是稀松平常。1879年秋四十三岁的富善，和刚到达中国二十四岁的莎拉相遇时，已经死了两个妻子。莎拉很漂亮，福善一见钟情，称她为"公主"，说因莎拉希伯来文是公主的意思。他数月间藉故从通州到了张家口数趟，第二年春便在长城上向她求婚。她犹豫了三天答应了，写信给挚友辩白："你听见消息没有？我要结婚了。我本来没有这念头，然而实在情不自禁……他那么善良，聪明，而且那么爱我……一个众人尊崇的男士，比我年纪大……生命充满挫折，害他头发胡须都白了，像个诗人，但也很实际……我不要你以为我是为结婚而结婚的。"

莎拉婚后虽然多病，却更加紧学中文，路过的"中国内地会"传教士和中国人同吃同住让她很惭愧，夫妇俩招待了两位受过高深教育的瑞典人，辞行时福善对客人说："你们转身招待别的传教士便算谢了我们，机会多得很。"客人说："我们不会有自己的家的，到了一个地方，有中国人信基督，便到别的地方去。"莎拉说："可是信基督只是个开始，教他们怎样做基督徒是个缓慢但更重要的任务。"他们回答："那要中国人自己去摸索了。"莎拉以前讨厌《圣经》说人必须"温柔谦卑"，现醒悟基督徒除了必须坚强外，还需要温柔，学基督宽恕人。通州的中国信徒发起了个反缠脚的会，推选莎拉为会长，让她很激励，对中国人的尊重与日俱增。那时北京城里早已经有公理会教士办的贝满女中，她在通州办了一所富善女子学校。

历经数次流产，莎拉婚后七年终于产了个男孩，但婴儿不到一岁便因痢疾夭折。次年生了个女儿，名为葛丽丝（Grace Goodrich），再生了个后来因糖尿病未成年早逝的女儿，富路德是老四。

葛丽丝出生后，莎拉乳房肿痛不能喂奶，有个叫爱新觉罗·全耀东的旗人，是富泰最早说服的信徒之一，说他的妻子也生了个孩子，奶很多，足够两个婴儿吃，葛丽丝便吃全太太的奶。莎拉自此视全耀东一家如自己人。富路德 1923 年在北京举行婚礼时，花童是两个外甥女，穿起小礼服捧戒子的就是全耀东的孙子。

庚子年，富路德还不到六岁，义和团打到通州来了。富路德晚年向多萝西娅回忆说：

春天就听闻山东动乱。不久成千的拳民在通州郊外聚集，我们听到团练的声音，有时见到他们。有一天我我十一岁非常爱动物的姐姐葛丽丝，到父亲教书的华北学院途中碰到一位拳民使劲地鞭打一匹马，便训斥他。他大概看到这位黄发小孩说道地的中国话很惊讶，没什么反应。通州的传教士决定到北京避难，请求驻扎在美国使馆的海军陆战队护行，得不到回应。北京公理会的梅子明 (William S. Ament) 牧师毅然私自找了十五辆骡车，在通州又加了五辆，带我们踏上运皇粮的路奔往北京。母亲仍巴望海军陆战队来救援，饭桌上留了一大盘父亲种的新鲜草莓给他们。

我们在北京的卫理会教堂住了数天，离东交民巷使馆区不远，在这叫"半围困"时期，照顾我的女仆人正帮我穿衣服，和我一起玩惯的通州小朋友 Donald Tewksbury 突然哭着跑来说："快跟我到城墙上看，我们在通州的房子和学校被火烧了！"卫理会教堂沿北京内城城墙而筑，我们爬上去看火烧。我虽小，但也明白这意味什么：就是我父母亲和其他人多年辛苦向美国朋友募款所营造的建筑物，积累的书籍以及其他珍惜物件都付之一炬了。

外务府派人来说可护送所有的外国人安全到天津，但中国信徒必须留下，意思要我们遗弃跟随我们逃难的男女大人小孩。我多年后才领会母亲和其他传教士那时心灵的挣扎，这些他们远渡重洋来教导和帮助的人，怎忍心让他们落到拳民的手里？听见德国公使被中国士兵杀害，大家便感到官方的话不可信，议决让中国信徒和我们一起存亡，结果一同渡过艰难的五十八天。

有一枚能量耗尽了的子弹射到我耳朵上，但仍然烫手，我捧了跑去给母亲看，她紧紧地拥抱我。

父亲在使馆区里的责任之一是监督屠杀牲口供应肉食——主要是骡和马。幸亏马不少，因为各国的使馆人员都喜欢骑马，并且常举行障碍赛马会。使馆区被围困前有个赛马会刚结束，许多马被领入使馆区内，大多是蒙古小马。父亲有一次带我坐在他膝盖上看，一只只英俊的牲口被领上去让一位士兵用枪击毙。此后我吃马肉便觉得索然无味，即使拌有咖喱和米饭。

时而子弹纷飞，大人喊我们小孩躲进礼堂，但里面的妈妈们正在扫地，急着继续缝沙袋，吆喝我们出去。我们跑来跑去，累了便到有草席掩护的沟里玩。

记得突围后母亲和一位来救我们的美国兵聊起来，发现他居然来自她的家乡。又记得看见一位俄国兵见对岸有个中国农民，拿起枪瞄准了把那相信是完全无辜的人射毙。我若还不懂战争是什么一回事，此刻明白了。

当初美国公使见教士们带了一群中国信徒进使馆区时，生气地说："这些中国人怎么办？带进来和我们一起饿死呀？"但也亏有这些中国信徒帮忙缝沙袋、搬砖头，使馆区才得以抵御了拳民的围攻。

各国派来的救援兵进了城到处抢劫。富善一家乘船到天津，再渡海到日本，然后到美国住了三年，回到通州时，教堂和学校已得庚子赔款重建。没有被杀害的中国信徒住在一条叫复兴庄的地方。次年富善被聘为协和神学院的院长，他们便搬到北京城去，此校即燕京大学神学院的前身。

在北京，莎拉这"过来人"成了许多年轻传教士倾吐心事的长者，热衷于反缠足与禁鸦片运动，领外交界妇女赞助红十字会，筹办养老院，还和一位笃信佛教的王太太合作，募款建筑亭子给人力车夫避风雨，曾说服梅兰芳为此义演。

富路德的大姐葛丽丝比他大五岁，到美国读完大学后回北京，以中国为家。此时用美方庚子赔款余钱创建的清华大学已成立，她嫁了个年纪比她大到清华教书的美国人 Ernest K. Smith，在清华园和赵元任太太杨步伟相熟；丈夫 1926 年转到燕大教书，她也在燕大教声乐，搬到燕南园与洪业家毗邻。1941 年美日开战时她恰好在美国探望读大学的子女，便参与"美国之音"汉语广播的项目，自此再没有机会回中国。

葛丽丝的长女——即富路德的外甥女——多萝西娅到美国读大学后回北京在燕大教舞蹈，试图把传统武术的姿态和京戏里的台步融进现代舞，也曾把赵元任替徐志摩的诗配了乐的《海韵》编成现代舞。她的丈夫韩蔚尔（Norman Hanwell）常有文章在欧美各大报发表，评论中国情势，为躲避日军耳目，把稿件拿到美国使馆随同外交文件寄出去，有时用 David Weile 这笔名发表。他和在燕大教新闻的斯诺（Edgar Snow）同出入红区，两人的文章被人匿名译成中文，1937 年上海丁丑编译社以《外国记者西北印象记》为题出版；上海人民出版社 1949 年重刊，书名改为《美国记者中国红区印象记》。现在国内许多人知道写《西行漫记》的斯诺这个人，早逝的韩蔚尔很少被提及了。

美日开战前夕，美日关系已很恶劣，美国国务院一再催促侨民归国；燕大英籍教授林迈可（Michael Lindsay）是韩蔚尔的好友，妻子李效黎也是多萝西娅的学生，劝多萝西娅这年轻寡妇跟他们一起走，经红区到后方；然而她不忍心抛下不肯离开北京的年迈父亲，结果她和父亲一起被送入集中营，半年后遣返美国。

葛丽丝的次女珍妮特（Janet）通过中文考试在燕大读了一年才去哈佛，后来对燕大校友会很热心，80 年代读到《洪业传》和我联络上，告诉我洪业的长女向她披露孩提时怎样受母亲虐待，于是商务印书馆 2013 再版《洪业传》时，我附录了一篇"洪家三代女人的悲剧"；我也因而和她住在圣塔巴巴拉城的姐姐多萝西娅相熟，承蒙她送回忆录，对这不寻常的家族有些了解。有趣的是爱新觉罗·全耀东亦有后人在此临海小城定居，曾外孙女张美玫提供我不少资料。她指出抗日时她的姥爷全绍文——即全耀东的儿子——担任燕大校长司徒雷登的特别助理，日本人盯上了斯诺，全绍文曾保护过他，《西行漫记》中提及可惜姓名拼错了。

多萝西娅跟她的外婆一样非常爱漂亮，九十多岁进了养老院我有一次去看她，她道歉说："哎哟，我还没上口红呢！"在她的心目中，富路德这舅舅永远是英俊潇洒的。她去世后我把她两本回忆录复印了，寄了给耶鲁大学神学院驻华传教士档案馆保存，请该馆同她祖父母的资料放在一起。后来多萝西娅的女儿清理她的遗物时，发现一些母亲前夫的文件，问我该怎办。这些文件的来历我是知道的。据多萝西娅的回忆录说：韩蔚尔的文件都在日据时期烧毁了，她1965年左右收到一位耶鲁大学研究生Robert Kapp的信，说他看过韩蔚尔的文章，要找些关于八路军将领的事迹，问她韩蔚尔有没有遗稿，她突然记起1939年曾把一个皮箱托给住纽约的舅舅富路德保管，内有韩蔚尔1935至1936年写给她的情书，提及红区的情形，此研究生居然在情书里看到他要找的资料。于是我建议多萝西娅的女儿把这些文件捐赠给斯坦福大学，因该校的胡佛研究中心以收集中共早期文献著称。

富路德十二岁到山东烟台，在一所为传教士子弟办的学校寄读了四年，同学中有后来很出名的剧作家Thornton Wilder和《时代新闻杂志》的创始人Henry Luce。他中学最后的两年适逢父母有例假，跟随父母到美国念，继而上他父亲的母校威廉斯学院；毕业后从军，因当时美国已参入欧战；不到一年后战事就结束，他到法国基督教青年会替华工服务，不久回北京在协和医院任职。他1925年往哥伦比亚大学读博士，第二年即开始同时授课，1934年得博士，1961年退休；曾出任美国东方学会会长、亚洲学会会长。

富路德退休后，邀曾和恒慕义（Arthur Hummel）编撰《清代名人传略》的房兆楹与杜联喆夫妇，与他合编《明代名人录》（*Dictionary of Ming Biography, 1368—1644*）。富路德因而得法国儒莲奖，房兆楹与杜联喆则因而得获哥伦比亚大学荣誉博士。我还记得洪业穿着整齐高高兴兴地飞到纽约观礼，颇引这两位学生的成就为荣。富路德1981年终于再有机会与他的妻子到久违的中国访问。

富路德九十一岁去世后，美国亚洲研究协会东亚图书馆小组通讯（*CEAL Bulletin*）上登载了一篇悼文，说他虽然不是图书馆员，但对美国东亚图书馆的发展亦很有贡献。还说他不但自己有许多著作，还乐意成人之美，譬如李约瑟（Joseph Needham）《中国科学技术史》第五册讨论化学技术，《纸和印刷》分册则请钱存训写，富路德帮了他很多忙，所以钱存训把书献给三个人，头一个就是他；富路德1949年开始和钱星海英译陈垣的《元西域人华化考》，两年后钱星海无法继续，富路德孤军独斗把它完成。

富路德读中文的能力显然不太好，他在烟台上的中学是英国人办的，预备让孩子上牛津或剑桥，中国话连讲都不准讲。富路德第一本书《乾隆时期的文字狱》（*The Literary Inquisition of Ch'ien-lung*）是博士论文改成的，1935年出版，前言里坦承得到袁同礼、马鉴、马准、陈垣、郑振铎、洪业等中国学者的指点。书出后雷海宗和郭斌佳分别在《清华学报》和《武大文哲学季刊》介绍，称许之余也指出他译文有不少错误。《中华民族简史》主要依赖西方人研究中国的资料以及华人的英文论者；其中当然经过层层过滤，但也因过了滤，才能作出高度的概括；也许因作者对中国与西域间物质与文化的交流特别有兴趣，而涉及这时段扎实的现成西文资料额外丰富，魏晋南北朝那一段竟占全书约五分之一。然而好的素描空白的地方虽多，线条若勾画得巧妙，仍可构成一幅令人折服的图像。

富路德生长于一个开明而有浓厚学术气氛的家庭中，长时间思考各种文化如何交集和融汇，才写得出《中华民族简史》这部宏观历史。传教士的家族背景造就了他，但相信也是个交织着各种复杂思绪和情感的包袱，"路德"这名字大概宗教彩色太重了，他报英文姓名时习惯把"路德"略掉，用 L. Carrington Goodrich。中文倒没有这个顾虑，因一般中国人见这名字不会想起基督教新教创始人马丁·路德，反而会觉得"富"姓碍眼，仿佛是种炫耀。网上富路德有时也作"傅"路德，是否他自己觉得不妥后来中文取用此姓？他一部分书信保存在哥伦布亚大学图书馆里，待考。

（原刊于《文汇报·文汇学人》2015 年 5 月 15 日）

司礼义神父奇特的治学生涯

提起司礼义神父（Paul Serruys，1912—1999），曾认识他的人嘴边都泛起一丝微笑，这笑里有爱、有敬，也有点"此人不可思议"的意味。

七年前加大伯克利校区 C. V. Starr 东亚图书馆建成不久，朗诺与我去参观那美轮美奂的大楼，巧遇该校教中国古代史的戴梅可（Michael Nylan）教授，她请我们吃晚餐，席间问我们夫妇是在什么地方相识的，我说我们在西雅图的华盛顿大学是同学，她问有没有上过司礼义神父的课。朗诺说司礼义是他的文言文启蒙老师，很注重分析文法，替他学文言文打了基础。我脑子里浮现的是个留了山羊须面容严肃颀长的身影，在走廊上擦肩而过，他总若有所思。戴梅可说，"司神父是对我影响最大的人之一。"

她接着说："我从普林斯顿得博士后，获福布莱特奖金到台湾两年；'中央研究院'的朋友告诉我说：我若想研究《尚书》，必定要去见见司神父。我打电话和他约了，很咤异他竟住在台北万华区妓女出没的地方，他一开门见到我也非常诧异，几乎马上要把门关上。他那时候已有点耳背，以为来者将是他一位学生。"

这也难怪司神父：戴梅可英文名字叫迈克，是个男性名字，开门却见一位金发美女，当然大吃一惊。原来戴梅可母亲多年盼望有个叫迈克的孩子，怀她的时候就决定无论男女都要叫迈克。

"我好不容易说服他每周和我一起读一段《尚书》，第二次见他时，他竟晕倒了，我扶他把头枕在我膝上，他苏醒过来说必定是脑中风，台湾医疗不好，须回西雅图。我相信他其实没中风，而是在台北感到很孤独。我以为司神父和我从此无缘相见了，不料数年后康达维（David Knechtges）邀我到华盛顿大学演讲，又见到他。我那几天几乎全跟他在一起，因发现他居然对女权运动发生了兴趣，多年在教堂听妇女告解让他深感天主教对妇女不公平。他不但对女权理论涉猎很深，而且付诸行动；天主教视堕胎是伤天害理的事，女人堕胎会被驱逐出教会的，但若有妇女因故堕胎向他告解，他就说：'我赦免你，你的罪咎让我担当吧。'他在西雅图开心多了，可惜梵蒂冈拒绝把他的书从台湾又运回西雅图。没有他所需要的书在身边，他便无法作研究，不能在西雅图终老。"

诚然，司礼义在西雅图是不会寂寞的。司礼义是华盛顿大学汉代学者康达维的论文导师之一，康达维的夫人张泰平博士是司神父的学生，他们婚礼是司礼义主持的；同系语言学家罗

司礼义，戴梅可（Michael Nylan) 提供

杰瑞（Jerry Norman）是司礼义加大同学；多年跟司礼义学甲骨文的高嶋谦一（Ken-ichi Takashima）则在不远的英属哥伦比亚大学执教。

到网上一查，发现国内研究甲骨文的学者，对卜辞里"其"字的用法有个所谓"司礼义法则"，还见到司礼义八十六岁在比利时逝世时，他另一位学生——现已退休的爱荷华大学古汉语及藏文教授柯蔚南（South Coblin）——在 H-Asia 网上发表的悼文。柯蔚南另有长文在《华裔学志》介绍司礼义的生平：

司礼义生长于比利时西佛兰德区一个酿啤酒致富的家，兄弟姐妹七人。比利时人有讲法语的、德语的，以及与荷兰语相近的佛兰德语的，而司礼义就读的学校只教法文、德文、拉丁文和希腊文；他为佛兰德语被歧视感到愤愤不平，一度在佛兰德人自主运动中很活跃。复杂的语言环境也引起他对比较语言发生兴趣。

受了利玛窦和南怀义（Theophile Verbist）的启发，司礼义十八岁时和大他一岁的哥哥司律思（Henry Serruys）一同加入"圣母圣心会"。圣母圣心会（Congregatio Immaculati Cordis Mariae，简称 CICM）是南怀义为在中国办孤儿院 1862 年创办的，成了比利时教士到海外传教的遣使会，此会后来衍生了相应的 ICM 修女会，并扩充到世界其他地方，教士和修女也不再限于比利时人。

司礼义的哥哥立志学汉语和中亚语文，他则学汉语和藏语。

司礼义晚年私淑弟子戴梅可

司礼义与华盛顿大学 70 年代的同事：罗杰瑞
（Jerry Norman）、严复的孙女严倚云、何恺青、
罗杰瑞夫人陈恩绮，以及当时的学生史皓元
（Richard VanNess Simmons）（原刊于 1993 年何
恺青编的《严倚云教授纪念文集》）

经数年训练后，他 1936 年到达北京，次年被派往桑干河上的西册田。这时山西省各大城已被日军占领，乡下却是游击队和强盗横行的地方，司礼义和各方周旋对弈，照顾当地教徒，闲来则研究当地方言。研究方言是内地教士的例行工作，然而司礼义对此事似乎太热衷。有个严冬深夜，他被唤到一个小村落替一位老人行临终涂油仪式，没想到此人活过来了，对司礼义徒然远道而来非常内疚，用很花俏的语言向他道歉和致谢，司礼义听不懂，周围的人便翻译，他马上把随身带的簿子掏出来，细心把老人的话语记下，于是教会里广传司礼义对濒死人关心远不及他对语言的兴趣。他如此自我辩解："学术研究是一种崇拜。不论当事者自觉与否，基本上是一种对神的追求；当神向我们揭示大自然和人的规律时，我们就越发体验到造物者的荣耀和大爱。"

对司礼义来说，各方言微妙复杂的语法都彰显造物者的伟大。他研究方言发现教堂里用的弥撒曲、祈祷文、教理问答等有许多地方译错了，不仅是语言问题，也因误解了中国的风俗习惯，得到上司的允许开始研究婚丧仪式，最早的著作就是与这些民俗有关的方言，引起著名语言学家李方桂的注目。

司礼义与其他天主教教士 1943 年 3 月被日军送入山东潍县的外侨集中营；经梵蒂冈代表交涉，8 月得以回北京，白天可自由行动，傍晚向日军报到后就不准外出。这段日子倒让司礼义有机会和不少中国学者以及在华汉学家接触，其中以曾在周口店参与发掘"北京人"的法籍耶稣会教士和古地质学家德日进（Pierre Teilhard de Chardin）对他影响最大，包括信仰方面。战后他被派往河北张官屯，这一带在共产党势力范围内，教友不敢公然和外国教士来往，他便专研四书五经，因怕抄家和偷窃把珍贵的书藏在粪坑底下。他 1947 年奉命回北京，有两年在南怀仁书院教书并在辅仁大学选课。

1949 年从中国撤退的圣母圣心会教士和修女大多到其他国家工作了，一小部分则被挑选到国外深造，司礼义和他哥哥决定到美国。司律思去了哥伦比亚大学，司礼义选择加大伯克利校区，师从赵元任和哈尔滨长大的俄人卜弼德（Peter Boodberg），他终于可任意探索各种令他执迷的语言问题，并在卜弼德的指导下研究中国古文字。他 1956 年获博士，论文是《从〈方言〉了解汉代的地方话》，三年后出版。他读博士不需圣母圣心会资助，因他在临近镇上的圣玛丽教堂当司铎，完成博士又获古根海姆奖，并继续在该教堂工作，后来喜欢对人说："我在中国十二年，在圣玛丽教堂十二年。"

乔治城大学 1962 年聘了司礼义负责中国语文教学。将近三年后夏威夷大学打听他愿不愿意跳漕，他和李方桂商量，李方桂执教的华盛顿大学恰好有个缺，马上发了正式聘书把他抢走。司神父在华盛顿大学十六年，教文言文和中国文字学。

司礼义教文言文的方式是每学年选一本不同的先秦书，和学生一起试图分析其文法；多年的教学相长，让他对中国古代文法有了相当清晰的理解。

文字学课他则从《说文解字》切入，要求学生细读本文与注疏，然后分析字形如何从钟鼎铭文演变而来，又追溯到甲骨文。他坚持看懂古字并不是最终目标，最终目标是能够把这些古字依上下文解读。他另开了西周钟鼎文和东周钟鼎文两门课，后来又开课教甲骨文。

司礼义写了不少重要的文章与书评，1974 年在《通报》发表的《殷商甲骨文语言研究》确实是划时代的。他已着手撰写一部关于钟鼎文的大著，可惜沉迷于甲骨文后把此计划放弃了。

更令人惋惜的是：精力充沛而学问正登上高峰的司礼义，到了当时的法定年龄 1981 年很不甘愿地退休了。他失去和学生磨砺的机会，尝到被推往边缘的尴尬，毅然不顾朋友的劝告把书运到台湾，离开西雅图。他在台北重返阔别了二十多年的圣母圣心会，打算以"中央研究院"通讯院士身份继续爬梳甲骨文，无奈不能适应台湾的生活。退休十八年中，他始终无法重构他的理想生活：就是周围有和他谈学问的人，身边有所需要的书，并和其他教士一同起居享受信仰生活。

我很后悔我大学没选司礼义的课，至今看文言文一知半解。回顾他的哥哥司律思研究蒙古及元明历史亦成绩斐然，也许是唯一能了解司礼义的人。他正是于 1983 年，就是戴梅可在台北初见司礼义那一年去世，必增添他的孤独感。为多听听司礼义的事，我今夏约了戴梅可相聚。

戴梅可说她和司礼义在西雅图重唔后，便和他保持联系；听他说不能作研究很苦闷，为运书直接向教宗请愿也无济于事，便对他说普林斯顿大学图书馆的中国古籍特别齐全，不妨搬到到普林斯顿；她那时已在布林茅尔学院教书，但仍有栋房子在普林斯顿，是她用早逝的母亲遗产买的。司礼义果然在当地圣保罗教堂觅得一职，该教堂的住持司铎是一位研究中东语言的耶稣会教士，有地方给他住，但没地方让他静心做学问。戴梅可请住在她房子的男朋友腾出房间来给司礼义做书房，如此三年之久；一直到圣保罗教堂的主持司铎退休了，新来的和司礼义意见相左，圣母圣心会又施压要他归队。司礼义问戴梅可他若归国她肯不肯暑假到比利时一个月，他已完成一篇分析《诗经》文法的长文需要人打字；结果戴梅可和他另一位私淑女弟子——现在里海大学执教的柯鹤立（Constance Cook）——到比利时替他打字。

戴梅可回忆说："我到了比利时非常生气，他不经我同意把我预定的旅馆退掉，安排我住进圣母圣心会修女院。我一向对修女非常反感，因我父亲是天主教徒，把我送到修女办的小学读书，修女们告诉我不信天主的人都要入地狱，我病重的母亲不是天主教徒，让幼小的我很恐惧。然而这些修女都平易近人，进餐时欢天喜地互相关怀；我曾到教士院与司神父同进餐，那里男士却各吃各的。我发现圣母圣心修女专到别人不愿去的地方做没人愿意做的事——到台北万华区替妓女提供医疗服务，到美国南部帮助无证移民；刚果数次动乱，圣母圣心会的修女被乱刀砍死的不知其数。我问她们年轻时若有现在的就业机会，还会不会选择这条路，她们异口同声说没有遗憾，但换个时代就很难讲了。此后我每年捐钱给圣母圣心修女会，最近一次到比利时，修女院的中年院长向我道谢后，感伤地说，'你知道吗？这是个濒危灭绝的团体。老的一个个逝去，很少年轻的进来。'"

戴梅可又说："涵盖许多种文字和术语的《诗经》稿完成后，他和我商量投什么刊物，我提议投瑞典的《远东古物博物馆学报》，评审都通过了，该学报却拒绝发表，因董事都是高本汉的学生，而他处处批评高本汉错了，至今仍未发表。我暑假继续到比利时和他同读《尚书》，高嶋谦一每年也去看他，他到了我便躲开观光去。司神父死前我们已把整部《尚书》只差一章就读完了。他是抑郁而拒绝进食饿死的，天主教不准自杀，但拒食饿死不算。"

我和写司礼义小传，多年没见的柯蔚南联络上了，他来电邮说："司礼义未回比利时前常常到我们家短住，和我的太太孩子像一家人那么亲密；我两个儿子至今很怀念他。那时司礼义已偶尔出现抑郁症候，我提议他请医生开药控制，可惜当时圣母圣心会坚持这种情况应以祈祷静修解决，直到司礼义在世最后一年才准许用药物，对司礼义说来得太迟了。该年冬修道院有个神父去世，卧房空出来，司礼义搬了进去。那卧房较宽敞，可是门窗不密，冬天很冷，他着了凉得了肺炎，治好后元气已大伤。司礼义最后心情那么低沉，我和静惠一想到就难过。"

我听他这样下场也很难过，但人老了"好死"究竟是少数。美国学府师生关系普遍很淡，学生除要推荐信外一般不会跟老师来往，尤其教授退休后。司礼义有数位那么关怀他的学生，可见他人格魅力非凡。

我对朗诺说："司神父似乎有个不可思议的本领——他能令美国学生有信心可透过文字和中国古人神交。"朗诺答："对！我上他的课同班有三十多个白人，一整学年念《战国策》。最记得他改完期中考卷对我们说：'有些考卷让我高兴（glad），有些让我伤心（sad），有些让我生气（mad），'说时装生气挥动着拳头，我们都笑了，都自信只须用功，没道理看不懂文言文。我在哈佛的老师方志彤恰恰相反，他让我们感到古文那么深奥，永远也掌握不了。幸亏我先上了司礼义的课！"

（原刊于《东方早报·上海书评》以及《澎湃新闻·私家历史》2015 年 12
月 6 日，《澎湃》标题为"赵元任的比利时弟子：研究甲骨文的神父"）

一个域外老书迷，读读写写半个多世纪

近年来我在中国发表了些传记性的文章，有人说我的语言风格很新颖。我听了自然高兴，却也很惊讶，因我求达意而已；相信读者若觉得有趣，大概是因上世纪中叶在海外成长的我，接触的读物和国内不太一样，此外我对些国内的惯用词语不熟悉，可能有时候用了不同的方式表述。

我算是第三代菲律宾"华侨"，父母亲都在马尼拉出生，像同辈的许多东南亚华人男孩一样，父亲稍大了就被送回"唐山"受教育。他九岁开始在广东中山读书，十四岁才回菲律宾上英文中学，中学没毕业我祖父去世了他就开始谋生，负起养母亲和弟妹的责任。我祖母是香港长大的，略通文墨，除持家外还替不识字的华人写信以贴补家用。我母亲比较幸运，读到中学差几个月毕业才因日军占领马尼拉而停学，后来子女大了又有机会念学士硕士。

我是长孙女，家里别的小孩比我小一截，学校功课又不多，那时没电视机，总饥渴地找东西看。记得家里除了一部几乎抬不动的英文大辞典以外，仅有另一本书我祖母床头关于赛金花的历史小说《孽海花》。报纸杂志倒很多，订了两份当地的华文日报和一份英文日报，以及美国出版的《读者文摘》和《生活杂志》。我放学把书包一甩，总把报纸逐一摊在地板上看，从第一版看到最后一版，社论和商业新闻囫囵吞枣地读，但副刊上花的时间最长，有诗、有散文、有连载的小说，还有名人轶事，拾捡到些似懂非懂的字眼和词汇。

我上的华侨小学有三个大书柜的书，隔着玻璃门可见到里面有整套的《饮冰室合集》和《曾文正公全集》，但都上了锁，我以为将来长大了就是读这些书。

中学让我最兴奋的事，是终于可以用个名副其实的图书馆了。我借到《红楼梦》，发现书里的家庭竟和我家一样，大小事祖母说了算；为了急着追踪宝玉黛玉和宝钗的三角恋爱如何下场，匆匆地看。借到《骄傲与偏见》（*Pride and Prejudice*）爱不忍释，感到早年英国社会女人对婚姻的憧憬和忧虑，姐妹间的争风吃醋，又竟像我几个未嫁的姑姑们一样。一般小说我不正经从头看到尾，读了几章先偷看结局，对结局不满便看不下去；传记却可以有耐心地慢慢嚼；我不喜欢科幻小说，更不喜欢刻意制造紧张气氛的侦探小说或设法榨取我眼泪的言情小说，总问：这种事真会这样发展吗？是不是只图操纵我的感情。大概因我太拘于实事了，锲而不舍地追求事情真相，若是虚构的话要求作品呈现一种比现实更接近真相的真实，因而对诗很不耐烦。我梦想作个图书馆员，以便终日与书本为伍。

中学上课仍然半天中文半天英文。教科书中我最有感情的是英文的《世界历史》，数磅重，不大不小的书名刻印在全黑的封面正中间，也许是 McGraw Hill 出版的吧，多年来再也找不到了。书中有许多绘画照片和图表，我闲来没事也拿出来看，可惜侧重欧美历史，亚洲史讲得很简略。中文的历史教科书是台湾正中书局出版的，密密麻麻的字，和其他同学一样，我背了一大堆人名地名，朝代先后老搞不清，考完试也就忘了。

除了偶然听到师长讲他们一些亲身经历外，我对中国近代史的认识主要来自两本小说：姜贵的《旋风》和王蓝的《蓝与黑》。《蓝与黑》讲抗战期间一男二女的三角恋爱，拍成电影风靡一时。《旋风》经胡适推荐在港澳台以及东南亚华人读者间相当流行，比较有深度，叙述北方一个镇上几户人的悲惨生命，让我读了很震撼，深感中国旧式社会真是太糟糕了，非革命重来不可。鲁迅和其他"左派"作家的书，当时在马尼拉是看不到的。

正中书局出版的国文教科书好多了，白话文读胡适、徐志摩、朱自清、许地山、夏丏尊等人的文章，文言文则读庄子、孟子、唐宋八大家、周敦颐、朱熹等。有位远房表姐常把白先勇和他几位台大同学编的《现代文学》传给我看，我们两人萌生了到台湾读书的念头，也许因为中学的国文教科书比历史教科书编得较好，我没觉悟到自己在文与史之间兴趣偏向史，报考了国文系。

在台湾那四年，包括在师范大学读书的两年，看了不少当代短篇小说——张爱玲、聂华玲、张秀亚——有些是报纸副刊上的，有些登载在同学间传阅的《皇冠杂志》上。那时台湾英文读物较少，我订了一份《时代新闻杂志》，又常借宿舍里英语系同学们的教科书看，易卜生的戏剧是那时候接触的。一年级除了须上"国父思想"一课（读孙中山的《三民主义》）外，还必修《四书》，我其实蛮喜欢《大学》和《论语》，当然不能跟同学说，怕他们笑我迂腐。教中国哲学史的张起钧教授认了我做"干女儿"，要我替他英译一些关于道家的文章，我发现我也很喜欢《老子》。佛家的东西我却读来读去都读不懂。

在西雅图华盛顿大学那两年一晃就过了，主要是啃文学理论。在波士顿十六个年头，起初做的工作很轻松，下班看了许多闲书，初次接触心理学和社会学，读了些当代美国小说和英译的 19 世纪俄国小说；看英国小说居多，觉得《中界镇》（*Middlemarch*，中国大陆译作《米德尔马契》）比《骄傲与偏见》写得更好，重读了数次。我依旧对传记情有独钟，看卢梭、亨利·亚当斯、纳博科夫等人的自传，每一本都像是个新的启示，扩展了我的视野，让我见到各种历史潮流间的关联，对人性有更深一层的理解。读了《维多利亚名人传》（*Eminent Victorians*），领悟到传记可以是这样毫不忌讳地写的，对我很有启发，即使后来知道此书往往言过其实。

朗诺当时在哈佛研究所修中国文学，后来又留校执教，面对庞大的哈佛图书馆，我终于觉悟到应该看而值得看的书浩如烟海，连浅尝一遍都不可能，只能啜几口送到嘴边的。于是我捡他的教科书看，如费正清等编的东亚历史等，也看朗诺以前在加州读大学时白先勇介绍他买的书，如沈三白的《浮生六记》、林语堂的《吾国与吾民》、钱锺书的《写在人生边上》和《围城》。洪业是他博士论文的非正式导师，我1977至1980年每星期天下午带了录音机到他的家里录他的回忆，一边读和他有关的人物传记，这是我平生第一次比较有系统地读书。

我在波士顿本来找不到合适的工作，决定再取个企管硕士，从事金融，就没时间看闲书了，只每星期翻翻《纽约客》，主要看漫画、书评和影评；香港的《明报月刊》倒是差不多每篇文章都看，因它是我当时唯一的中文读物。朗诺1995年有个学期不必教书，我请了几个月的假和朗诺到南京大学，授课的是我而不是他。上海证券市场复业不久，我在商学院开了一门课教证券分析，后来把讲义编成《证券市场入门》。没几年后我路过南京，到南大出版社书店找不到此书，问售货员，售货员大声喊叫说："过时咯，过时咯！"回想起来我们在南京那几个月最大的收获就是习惯了看简体字。

我提早退休目的之一是希望有时间多看些闲书。朗诺到了加州大学圣塔芭芭拉校区执教，本来是他老师的白先勇成了他的同事，也成了我的朋友。他介绍我看郑念的《上海生与死》、张幼仪孙侄女写的《小脚与西服》和董竹君的《我的一个世纪》等；他自己的书我当然都看了。朗诺另一位同事徐振铨介绍我看章诒和的《往事并不如烟》。朗诺的父亲知道我喜欢看传记，圣诞节总送我一两本新出炉的，我觉得奥巴马总统年轻时写的自传《来自我父亲的梦》（*Dreams from My Father*）很不错。约翰·厄普代克以写小说闻名，我却最爱他两本讲绘画的《看》（*Looking*）和《仅观看》（*Just Looking*），讲他对数十位美国艺术家的作品的感受，并介绍他们创作的背景。徐振铨还介绍我看王安忆的《长恨歌》，没想到不久白睿文——也是朗诺在加州大学的同事——和我一起把它英译了。这回我不得不逐字逐句地看小说，很受益。

2001 至 2002 年朗诺在香港城市大学做访问教授，当时郑培凯主持城大的中国文化中心，张隆溪在中文系又办了几个国际会议，校长张信刚也常办文化晚会，一时学者云集，来了刘再复、李泽厚、朱维铮、周振鹤、葛兆光等，盛况非常；白先勇路过香港介绍我们和刘绍铭与李欧梵相见，我就特别注意这些人的文章。周质平那一年恰巧也正在该校访问，他邀我和他合作用英文撰写胡适与韦莲司的情史，我便又较有系统地看和他们两人有关的人物传记。

现在真老了，书读了一两章眼就昏花，荧幕上看更糟，所以每天在网上主要看新闻标题。《上海书评》却取代了《明报月刊》成为我的中文精神食粮。订的杂志只剩下《纽约客》和《经济学人》。也许是多年养成的职业习惯吧，《经济学人》相当认真地看，但通常从最后一页看起，因每期最后一页是篇"盖棺论"，大多关于刚去世的闻人，但如果没有名人逝世则可能是个间谍、木匠、美食家等，往往写得令人莞尔。此外，我现在的读物主要是朋友们写的东西。

我最近在网上看白先勇在台湾大学讲解《红楼梦》，点亮了许多以前对我是隐晦的喻意和细节。白先勇说贾宝玉的痴，很像俄人陀思妥耶夫斯基笔下的痴人（英译为 *The Idiot*），那个痴人象征耶稣，和俗世扞挌不入；贾宝玉倒很像释迦牟尼，享尽人间繁华富贵后彻悟万事皆空。他又分析曹雪芹如何处理人物的出场：王熙凤还没现身，先听到她嚣张的声音，就像京戏里苏三起解在台后先叫一声"苦呀！"刚到贾府被其气派慑住的林黛玉反应是："这些人个个皆敛声屏气，恭肃严整如此，这来者是谁，这样放诞无礼。"王熙凤在刘姥姥这乡下穷亲戚的眼中，则是个装腔作势的人，她接到救济金马上说穿了："你老拔根毛，比我们的腰还粗呢。"曹雪芹让我们从各种人的视角看凤姐，把她放在各种场景里让她自己表演，这是中国小说里以前没有的，也是西方小说后来才有的。这次重读《红楼梦》令我领悟到——就文字和叙事方式而言——此书对我的影响最大，年少时虽只匆匆地看，却已深植在我心胸中，不但如此，《红楼梦》还从他人写的东西间接地不断影响我。因自 18 世纪此书出现以来，大凡用白话文写的叙述都有它的影子。

我想：人最基本的冲动是要生存，在现代的社会里就是说要有个可以谋生的职业或赚钱的方法。其次是理解四周的环境，再其次是能得到他人的肯定；而每个人基于自身的性情禀赋和客观条件，建构了一套最适宜他理解四周环境的方法；若特别幸运的话，这方法也让他得以谋生，也让他感到受肯定。对有些人来说这是数字，他们可以把各种现象化成数字解释事情为何如此发展，幸运的成了数学家或统计师。对有些人来说这是钱，觉得钱可以解释一切，幸运的话成为商人或会计师。对有些人来说这是权力，幸运的话管治一族、一个企业或一个国家。我最近写了一篇文章介绍赵如兰，说音乐是她探索她所处的复杂环境的管道。对我自己来说：这是文字，我成了个书迷！

我并不出身于书香门第，小时家里没有几本书，但文字资讯丰富，可以说是太丰富了。我想：要是我身体比较健壮，放学回家感到沉闷就会出去乱跑。若我生长在一个封闭的社会，或者说我父母辈不识字，就没有那么多报纸杂志看。正因为文字资讯太丰富了，觉得有迫切感必须加以整合，理出些脉络来，慢慢摸索到最便捷的途径是跟踪或重构某人的经历，也就是说读传记或写传记；换了别人也许就会写小说、办杂志、编历史、作新闻记者或成为文学理论家。结果我读了很多传记，虽然无缘靠写传记谋生，却有机会用文字重构了好几个人的生命历程，由此增进我对四周环境的理解，而且这些书和文章居然得到不少读者的共鸣和肯定，真是太幸运了！

（原刊于《澎湃新闻·私家历史》2015 年 2 月 8 日）

图书在版编目（CIP）数据

亲炙记幸 /（美）陈毓贤著 . — 杭州：浙江大学出
版社，2017.10
（六合丛书）
ISBN 978-7-308-16509-9

I. ①亲… II. ①陈… III. ①随笔—作品集—美国—
现代 IV. ①I712.65

中国版本图书馆CIP数据核字（2017）第021145号

亲炙记幸

[美] 陈毓贤 著

策　　划	周　运	
责任编辑	王志毅	
出版发行	浙江大学出版社	
	（杭州天目山路148号 邮政编码310007）	
	（网址：http://www.zjupress.com）	
排　　版	北京大观世纪文化传媒有限公司	
印　　刷	北京中科印刷有限公司	
开　　本	880mm×1230mm　1/32	
印　　张	7.5	
字　　数	138千	
版 印 次	2017年10月第1版　2017年10月第1次印刷	
书　　号	ISBN 978-7-308-16509-9	
定　　价	39.00元	